Die Steinblut Legende

Herbst
Band 1

Von Roberta Flynn

Über die Autorin:
Roberta Flynn wurde im Juli 1987 in Bern geboren. Schon immer hatte sie eine blühende Fantasie und ein Talent dazu, ihre Gedanken und Ideen in Worte zu fassen.
Heute arbeitet die Autorin im Bereich visuelle Kommunikation. Sie lebt mit ihrem Mann und dem gemeinsamen Kater am Bielersee.

Über dieses Buch:
Am Anfang der Geschichte steht Lino Fallon. Geboren und aufgewachsen in Bridgewood, lebt er mit seiner Mutter und seiner Schwester Sena in einem kleinen Haus. Er ist Kapitän der Bridgewood Falcons, sein treuer Begleiter ist sein Hund Borvin. Er lebt das normale Leben eines Teenagers zwischen Kindheit und Erwachsensein. Doch der Schein trügt...

Vor zwei Jahren verschwindet der Vater von Lino und Sena spurlos und seit dem ist nichts mehr, wie es einmal war. Die Kinder haben schlimme Alpträume, die immer gleich erscheinen, die Mutter ist psychisch angeschlagen. Als eines Tages Mitch und Lynn nach Bridgewood kommen, kann Lino seinen Vater für kurze Zeit vergessen. Doch dann verschwindet Sena und Linos Welt bricht endgültig zusammen. Sein einziger Anhaltspunkt in dem mysteriösen Verschwinden seiner Schwester ist der Stundenforst. Und so machen sich Lino und Borvin auf den Weg, um Sena zu suchen...

Bibliografische Information der deutschen Nationalbibliothek:
Die Deutsche Nationalbibliothek verzeichnet diese Publikation in der Deutschen Nationalbibliografie; detaillierte bibliografische Daten sind im Internet über http://dnb.dnb.de abrufbar.

© 2015 Roberta Flynn

Covergestaltung: © AldaDesign
Herstellung und Verlag:
BoD Books on Demand, Norderstedt

ISBN: 978-3-7347-5132-5

Man entdeckt keine neuen Erdteile, ohne den Mut zu haben, alte Küsten aus den Augen zu verlieren.

André Gide

Prolog

„Hey Lino das war toll!" Coach Furrer klopfte ihm anerkennend auf die Schulter. „Ich wusste, ich würde es nicht bereuen, dich zum Kapitän zu machen."
Eishockey war schon immer seine Leidenschaft gewesen und seit Kurzem war er nun endlich am Ziel seiner Träume. Er war zum Kapitän der Schulmannschaft ernannt worden. Und das obwohl er eigentlich nicht übermässig sportlich oder talentiert war. Schon in der Vorschule war er immer eher im Mittelfeld, hatte aber immer Spass und gab vollen Einsatz. Dies hatte ihm schon mehrere kleinere Verletzungen eingebracht, aber bisher nie etwas Ernstes und die Verletzungen waren ihm absolut egal, solange er Spass an der Sache hatte. Mit Eishockey hatte er eine Sportart gefunden, die ihm Spass machte, ihn aber gleichzeitig jedes Mal vor eine Herausforderung stellte. Ausserdem meinte der Coach, es wäre gut für die Moral des Teams, wenn er Kapitän sei. Er war auf den ersten Blick nicht einer der beliebtesten seiner Schule, doch alle mochten ihn. Und obwohl er manchmal in der Schule fast ein bisschen vergessen wurde, schien Coach Furrer ihn nie zu vergessen und förderte ihn, wo er nur konnte.

„Kommst du auch noch mit in die Bar? Schliesslich haben wir heute etwas zu feiern!", rief James übermütig. James war sein bester

Freund und das schon seit Kindertagen. Er war ihm schon so oft zur Seite gestanden und gerade als die Sache mit Linos Vater anfing, gab er ihm unheimlich viel Kraft. Ohne ihn, hätte Lino schon oft einfach aufgegeben.
"Nee lass mal ich muss nach Hause, der Hund muss noch raus und sonst macht sich meine Mutter wieder unnötig Sorgen." Er verabschiedete sich von den Anderen und machte sich mit seiner voll gepackten Hockeytasche auf den Heimweg.
Zu diesem Zeitpunkt konnte er noch nicht ahnen, dass dies sein letztes Hockeymatch mit seinem Team gewesen war. Und er wusste auch noch nicht, dass er seinen besten Freund schon in ein paar Wochen das letzte Mal sehen würde. Der Wind frischte auf, liess den Regen fast quer vom Himmel fallen und er zog sich seine Kapuze tiefer ins Gesicht. Der Herbst zeigte sich gerade von seiner unfreundlichsten Seite.

Eins

Lino lebte schon sein ganzes Leben in Bridgewood. Es war fast immer sehr friedlich und gemütlich in dem 800 Seelendorf gewesen. Doch schon bald sollte sich dies grundlegend ändern.

Familie Ridden war erst vor ein paar Wochen nach Bridgewood gezogen. Besonders ihren Sohn Mitch mochte Lino nicht. Er war ihm zu glatt, zu perfekt, zu gutaussehend. *Als hätte man ein Model aus dem Katalog ausgeschnitten und ihm Leben eingehaucht*, dachte er und schauderte. *Ja, das trifft es ziemlich genau.* Alles Eigenschaften, die ihn bei seiner Zwillingsschwester nicht im Geringsten störten. Als er sie das erste Mal sah, lud sie gerade einige Kisten aus dem Umzugswagen, als Lino vom ersten Training als Kapitän nach Hause kam. Wie auf Kommando hielt der Karton dem Gewicht nicht stand und der ganze Inhalt kippte auf die Strasse. Er eilte sofort herbei um ihr zu helfen. „Wow, du hast ganz schon viele Bücher, machst du auch noch was Anderes ausser lesen?" Sie sah ihn mit ihren grossen braunen Augen an und lächelte. Sie hatte perfekte Zähne. „Lynn brauchst du Hilfe?" Mitch stand in der Tür und musterte Lino mit einem misstrauischen Blick. „Nein geht schon. Danke Mitch." Sie wandte sich an Lino. „Hi. Ich bin Lynn Ridden und das ist mein Bruder Mitch." Sie reichte ihm die Hand.

„Freut mich, ich bin Lino Fallon. Willkommen in Bridgewood." „Hi, ich bin Mitch." Auch Mitch reichte ihm die Hand und drückte fest genug zu, um es wie eine Warnung aussehen zu lassen. „Wenn du nicht zu erschöpft bist vom Training, könntest du dich ja nützlich machen und uns bei den letzten Kisten helfen", sagte er mit einem Blick auf Linos vollgestopfte Hockeytasche. Selbstverständlich wollte er helfen. Er war schon immer hilfsbereit gewesen und wenn er dabei Lynn noch ein bisschen besser kennen lernen konnte, war das ein willkommener Nebeneffekt. Er packte Lynns Bücher wieder in die Kiste und trug sie ins Haus. „Oh hi. Wer bist du denn?" Mrs. Ridden musterte ihn mit neugierigem, aber freundlichem Blick. „Ich bin Lino. Ich wohne in dem kleinen Haus am Ende der Strasse." „Freut mich Lino. Möchtest Du zum Essen bleiben?" „Klar gerne, vielen Dank." Mrs. Ridden war eine gut aussehende Frau. Es war schwer zu sagen wie alt sie war. Sie war gut in Form und ihre Augen waren genauso braun und gross wie die von Lynn. „Komm mit", sagte Mitch, „ich zeig dir mein Zimmer." Nicht sonderlich interessiert folgte er Mitch eine steile Treppe nach oben. Oben stiess er fast mit Lynn zusammen, die vor ihrem Zimmer stand. Schnell schloss sie die Tür hinter sich zu. „Lynn, hilfst du mir mal in der Küche?", rief Mrs. Ridden von unten. Lynn rannte die Treppe runter. Lino schaute ihr nachdenklich nach.

„Meine Zwillingsschwester ist ein Fall für sich", sagte Mitch. Er öffnete die Tür zu seinem Zimmer. Es war riesig und über und über mit Kisten voll gestopft. Bett und Schreibtisch waren bereits aufgestellt. Lino setzte sich auf den Schreibtisch. „Hey ich kann von hier aus das Fenster von meinem Zimmer sehen." Mitch trat neben ihn und blickte aus dem grossen Panoramafenster. „Ach ja, wo denn?", fragte er. „Ich wohne in dem Haus ganz am Ende der Strasse. Mein Zimmer ist oben im Dach und das dort ist mein Fenster." Er zeigte es ihm. „Niedlich", meinte Mitch abschätzig, doch Lino ging nicht darauf ein. Neugierig sah er sich im Zimmer um. „Spielst du etwa auch Eishockey?", fragte er ihn und deutete auf den Hockeystock der hinter der Tür in der Ecke stand. „Ja hab ich früher mal aber ich weiss nicht ob ich das noch weiter tun will. Es gibt Wichtigeres." „Wenn du es dir doch noch anders überlegst, kannst du ja Mal mit mir zum Training kommen. Coach Furrer solltest Du kennen lernen." *Wieso habe ich das jetzt bloss gesagt?* Mitch wollte gerade etwas sagen, als seine Mutter von unten zum Essen rief.

„Oh wie schön du hast schon Freunde gefunden!" „Dad komm schon, ich bin keine Zwölf mehr. Ich hab ihm bloss mein Zimmer gezeigt, das heisst noch lange nicht, dass wir jetzt befreundet sind..." sagte Mitch mit eiskalter Stimme und sah seinen Vater von oben herab an.

Mr. Ridden war ein stattlicher Mann von etwa sechzig Jahren. Er trug einen leicht angegrauten Dreitagebart, und auch sein dunkelbraunes Kopfhaar war durchzogen von ein paar einzelnen silbergrauen Haaren. Ein durch und durch gut aussehender Mann. Er reichte Lino die Hand und setzte sich neben ihn an den grossen Tisch aus dunklem, glatt poliertem Stein. „Wäre doch toll, wenn ihr Freunde werdet", sagte Lynn hoffnungsvoll und grinste Lino verschmitzt an. Er strahlte sie an und sie griffen gleichzeitig zur Salatschüssel. Schnell zog er seine Hand zurück. *Wie peinlich.* Mitch musterte ihn aufmerksam. Sein Blick war schwer zu deuten. Vielleicht spielte er nur den beschützenden Bruder. Aber da war noch mehr in seinem Blick. Eine unerklärliche Kälte kroch Lino über den Rücken. Die Stimmung war irgendwie angespannt und so beschloss er, sich auf sein Essen zu konzentrieren, denn es schmeckte ausgezeichnet. Und als er Mrs. Ridden ein entsprechendes Kompliment machte, strahlte auch sie ihn mit blendend weissen Zähnen an und bald wurde die Stimmung am Tisch ausgelassen und fröhlich. Die Familie wollte alles über Bridgewood wissen. Wie die Leute so sind, welche Skandale es gegeben hatte, ob es irgendwelche düsteren Geheimnisse gab usw. Später sassen sie noch bei einem Kaffee zusammen, als Mitchs Handy plötzlich klingelte. Er entschuldigte sich und verschwand die Treppe rauf. Lynn sah ihm lange – fast ein bisschen zu lange - nach.

Schliesslich stand sie auf. „Komm schon, ich bringe dich zur Tür." Lino war ein bisschen verwundert über den offensichtlichen Rauswurf, hatte aber auch nichts dagegen, noch ein bisschen mit Lynn alleine zu sein. Und eigentlich hätte er schon längst zuhause sein sollen, und sein Hund wartete bestimmt auch schon auf ihn. Das hätte er beinahe vergessen. Er verabschiedete sich von Mr. und Mrs. Ridden und folgte Lynn nach draussen. „Danke für's helfen und für die nette Gesellschaft beim Abendessen", sagte sie freundlich. „Darf ich dich noch ein Stück begleiten?" Lino nickte. Und ob sie das durfte. Eine Zeitlang liefen sie schweigend nebeneinander her. „Da wohnst du also?", fragte Lynn nach einiger Zeit und zeigte auf Linos Haus. „Ja genau. Dort oben ist mein...." Er brach mitten im Satz ab. Das Dachfenster von seinem Zimmer leuchtete schwach in der Dämmerung, die mittlerweile über Bridgewood hereingebrochen war. „Das ist ja komisch", sagte er nachdenklich. „Was ist denn los?" fragte Lynn. „Naja das da oben ist mein Zimmer aber es brennt Licht und dabei habe ich doch abgeschlossen." „Du schliesst dein Zimmer ab?" Lynn schaute ihn mit ihren grossen braunen Augen an. „Ach weisst du, ich habe eine kleine Schwester und die kann einfach nicht die Finger von meinen Sachen lassen. Sie spielt immer mit meinen... ach auch egal ich sehe besser mal nach was da los ist."

„Ok ich geh' dann mal meine Sachen auspacken. Ich hoffe, wir sehen uns bald wieder." Ganz unvermittelt küsste sie ihn auf die Wange. Er war so perplex, dass er zur Salzsäule erstarrt mitten auf der Strasse stehen blieb und ihr nachsah, bis er sie in dem kaum noch vorhandenen Tageslicht nicht mehr erkennen konnte. Er schüttelte den Kopf um wieder zur Vernunft zu kommen, drehte sich um und ging ins Haus.

Zwei

Als er ins Haus kam, blickte seine Mutter nur kurz vom Kochherd auf, zwinkerte ihm zu und sagte: „Sie ist sehr hübsch." Er schüttelte schmunzelnd den Kopf, rollte demonstrativ mit den Augen und ging die Treppe hinauf nach oben. Er warf einen kurzen Blick ins Zimmer seiner Schwester, aber wie erwartet war es leer., und so folgte er dem Flur bis ganz nach hinten. *Wo steckt bloss dieser Hund schon wieder?* Er legte ein Ohr an die Tür seines Zimmers und lauschte angestrengt. Es war mucksmäuschenstill. Er riss die Tür auf und sah – nichts. Es war dunkel im Zimmer. Er ging rüber zum Schreibtisch und knipste die Lampe an. Sein Zimmer war genau so, wie er es vor ein paar Stunden zurückgelassen habe. Der Schlüssel steckte von innen im Schloss. *Dabei hätte ich schwören können, dass ich wie immer abgeschlossen habe.*

„Seeeennnnaaaaa!" brüllte er. „Was ist denn Bruderherz?", fragte seine Schwester unschuldig und lugte frech in sein Zimmer. „Warst Du in meinem Zimmer? Du weisst doch, dass ich..." „Ich war nicht in deinem Zimmer. Ich bin vor einer Minute nach Hause gekommen!", sagte Sena empört. Sie funkelte ihn mit ihren blauen Augen böse an. „Aber..." „Kiiinnndeeerrr, Essen ist fertig!", rief ihre Mutter von unten. Sena war offensichtlich froh, dass die Diskussion damit beendet war

und stürmte aus dem Zimmer. Verwirrt blieb Lino zurück und versuchte einen Sinn in dem Ganzen zu entdecken, bis ihn seine Mutter das zweite Mal zum Essen rief.
„Ich hab schon bei den Nachbarn gegessen Mam tut mir leid, ich will eigentlich nur noch ins Bett."

Er ging ins Badezimmer und knallte die Tür ein bisschen stärker zu als nötig gewesen wäre. Seine Mutter rief irgend etwas von unten, das er aber nicht verstand; und ihn auch nicht weiter interessierte. Er dachte an Lynn und den Kuss. Er wusch sich kurz das Gesicht und verschmitzt grinste ihn sein Spiegelbild an und er zwinkerte sich selbst zu. Auf einmal merkte er, dass er sich wie ein verliebter Teenager verhielt. Das war vielleicht etwas für seine Schwester aber er war definitiv schon zu alt dafür. Er ging zurück in sein Zimmer, schaltete den kleinen Fernseher ein und durchsuchte das Programm verzweifelt nach etwas Unterhaltsamen. Da er nichts fand, liess er den Fernseher nur im Hintergrund laufen und beschloss, noch etwas zu lesen.

Spät in der Nacht wachte er plötzlich auf und hätte vor Schreck beinahe geschrien. Seine Schwester stand im Pyjama vor ihm und blickte ihn mit grossen Augen an. Sie war kreidebleich. „Lino kann ich bei dir schlafen?" „Och Sena, findest du nicht du bist langsam etwas zu alt dafür?" „Ich hatte einen Alptraum von

Papa..." Sofort war er hellwach. Er stand auf und gab Sena mit einer Handbewegung zu verstehen, dass sie sich aufs Bett setzen sollte. Sena setzte sich und schlug die Decke über ihre nackten Beine. „Ganz schön kalt heute", sagte sie leise. Er zog seine Jeans aus und schlüpfte in seine Trainerhosen. „Bin gleich wieder da, Kleine." sagte er zu seiner Schwester, streichelte ihr liebevoll über den Kopf und ging Richtung Badezimmer. Die alte grosse Standuhr im Korridor tickte gemächlich vor sich hin und ihre Zeiger standen auf halb Zwei. Gähnend schüttelte er den Kopf und stiess die Badezimmertür auf. *Und immer noch keine Spur von meinem Hund.* Er war aber zu müde, um weiter darüber nachzudenken. Wahrscheinlich war seine Mutter nach dem Essen noch kurz mit ihm draussen gewesen. Gähnend setzte er sich aufs Klo. Als er zurück kam, rieb sich Sena müde die Augen. „Also gut, erzähl Mal, was hast Du geträumt?" Er setzte sich neben Sena aufs Bett. Sena schaute ihn traurig an und sagte: „Ich möchte lieber nicht darüber reden, können wir nicht einfach schlafen?" „Na gut", sagte er, „aber schnarchen ist heute Nacht nicht erlaubt." Er legte sich neben Sena ins Bett und schaltete das Licht aus. Sena drehte ihm den Rücken zu, seufzte einmal kurz und schlief fast sofort ein.

Lino allerdings konnte nicht mehr einschlafen. Er dachte an seinen Vater. Nun war es fast zwei Jahre her, dass er verschwunden war. Er

war eines Tages, an einem gewöhnlichen Freitag einfach nicht mehr von der Arbeit nach Hause gekommen. Er hatte keinen Abschiedsbrief hinterlassen oder mit irgendjemanden über seine Pläne gesprochen. Er war einfach weg.
Sein Vater hatte ein eigenes kleines Bildhauer-Geschäft geführt. Das Geschäft lief so gut, dass er sich etwa ein halbes Jahr vor seinem Verschwinden sogar eine Mitarbeiterin dazu holte. Sie war etwas älter als Lino und hiess Alda. Das war allerdings auch schon alles was er von ihr wusste. Er hatte sie nie gesehen. Als sein Vater verschwand, bot sie sich an, das Geschäft unter seinem Namen weiter zu führen. Seine Mutter war einverstanden gewesen, wollte aber nichts mehr damit zu tun haben und so war Grossmutter wieder als offizielle Besitzerin eingesetzt worden. Seine Mutter und seine Schwester waren am Boden zerstört, als der Vater auch nach einem Monat spurlos verschwunden blieb. Nur die Grossmutter nahm es erstaunlich gelassen, dass ihr Sohn einfach verschwunden war. Fast so, als wüsste sie etwas. Lino hingegen war einfach nur sauer. Durch seine Selbstständigkeit sahen ihn die Kinder sowieso so gut wie nie und als sie beide grösser wurden, hatte er irgendwie den Anschluss verpasst. Für ihn waren sie immer noch die kleinen Kinder, die mit ihm durch den Garten tobten und mit grossen Augen seinen Geschichten lauschten. Lino fand es einfach nur mies und rückgratlos, dass er

ohne ein Wort zu sagen verschwand und die ganze Familie unwissend zurück gelassen hatte.

Irgendwann begannen dann die Alpträume. Den ersten Alptraum hatte Lino. Sein Vater war irgendwo in einer dunklen Festung gefangen und schrie um Hilfe. Er schrie immerzu seinen Namen und Lino versuchte zu ihm zu gelangen, aber seine Beine waren schwer wie Blei. Er kam nicht vom Fleck und das letzte was er sah war, wie ihn sein Vater traurig anblickte und den Kopf schüttelte. Er hatte immer denselben Traum. Manchmal war es ein bisschen dunkler, manchmal fiel Schnee oder es regnete, aber das Grundprinzip blieb immer gleich. Er wehrte sich gegen das dumpfe Gefühl, sein Vater könnte vielleicht wirklich in Gefahr sein bis die Alpträume schliesslich seltener wurden, und schon bald träumte er gar nichts mehr.

Doch dann begannen die Träume bei seiner Schwester. Sie träumte zuerst das Gleiche wie Lino; ihr Vater in der dunklen Festung, ihren Namen rufend. Dann veränderte sich der Traum jedoch und sie sah sich selbst durch einen endlosen Wald gehen, bis sie schliesslich an eine Art Tor kam. Im Prinzip nur zwei gigantische Felsblöcke die zu beiden Seiten standen und ein Dritter, der quer darüber lag. In den queren Felsblock waren fremdartige Zeichen gehauen. Irgendjemand oder Etwas

schubste sie durch das Tor; danach erwachte sie jeweils schweissgebadet.
Sena hatte mehrmals versucht, diese Zeichen aus dem Gedächtnis nachzuzeichnen, es gelang ihr aber nie so richtig. Lino versuchte das Ganze nicht so ernst zu nehmen. Er dachte es seien einfach ihrer beiden tiefen Gefühle über den Verlust des Vaters, die ihrem Unterbewusstsein einen Streich spielten. Sena erzählte ihm jedes Mal von den Träumen, als allerdings nichts mehr Neues dazu kam, erzählte sie Lino bald keine Einzelheiten mehr und nach und nach wurden auch ihre Träume seltener.

Plötzlich musste er wieder an Lynn denken. Ihre Familie schien so perfekt. Es käme einem nicht im Traum in den Sinn, dass sich ihr Vater plötzlich ohne ein Wort aus dem Staub machen und seine perfekte Familie zurücklassen würde. Mit einem Seufzer drehte sich auch Lino zur Seite und versuchte einzuschlafen. Das seltsame Gefühl, dass die Familie vielleicht ein bisschen zu perfekt war, meisselte sich in sein Gedächtnis und begleitete ihn in den Schlaf.

Drei

Unsanft wurden Sena und er am nächsten Tag aus dem Schlaf gerissen, als der Wecker klingelte. Sena stürmte aus dem Zimmer und riss polternd die Türen von ihrem Schrank auf. Einen kurzen Augenblick fragte sich Lino, was das alles sollte, da traf ihn die Erkenntnis wie ein Schlag. Sie wollte wieder ihr Spiel spielen. Er schoss aus dem Bett, streifte sich den Pullover über und versuchte gleichzeitig seine Jeans anzuziehen und die Treppe hinunter zu rennen. Er fiel mehr als dass er ging. Er stürmte durchs Wohnzimmer und rannte geradewegs Richtung Küche. Hinter sich hörte er Sena die Treppe runter stürmen. Er drehte sich um, und dabei passierte ihm der Kapitale Fehler. Er rannte mit voller Wucht gegen den Türrahmen und blieb wimmernd liegen. In seinem linken Fuss explodierte ein nie gekannter Schmerz der sich rasend schnell im ganzen Bein ausbreitete. Durch einen Vorhang aus Schmerz sah er das besorgte Gesicht seiner Mutter. „Oh mein Gott Lino! Was hast du dir denn bloss dabei gedacht?" Neben dem Gesicht seiner Mutter erschien das grinsende Gesicht seiner kleinen Schwester. Ganz langsam spazierte sie durch die Küche und setzte sich auf ihren Stuhl. „Ich habe gewonnen!", rief sie triumphierend. Lino biss sich auf die Zähne um nicht loszuheulen. Da polterte hinter ihm etwas und er drehte mich um. Erschrocken sah er ein riesiges weisses

Ungeheuer die Treppe herunter stürmen, es kam direkt auf ihn zu, versuchte zu bremsen, rutschte aber auf dem glatten Parkettboden aus und knallte mit voller Wucht von hinten in seinen Rücken. Der Schlag presste ihm die Luft aus den Lungen und alles wurde schwarz vor seinen Augen.

Lino hörte Stimmen. Langsam öffnete er seine Augen und versuchte sich zu orientieren. „Sena du kannst auflegen, er kommt wieder zu sich", rief seine Mutter und schaute ihn mit einem Blick an, den nur Mütter drauf haben. Besorgt und vorwurfsvoll zugleich. Er richtete sich auf und wollte aufstehen, da schoss ihm glühend heisser Schmerz in den Fuss und er gab wimmernd auf. „Was ist passiert?", fragte er seine Mutter. „Wir haben das Frühstücksrennen gemacht und du bist auf die Schnauze gefal..." „Sena! So sprichst du nicht in meinem Haus!", unterbrach sie ihre Mutter tadelnd. „Entschuldige Mama. Also du bist hingefallen und hast dir den Fuss irgendwie verdreht und dann ist Borvin die Treppe runter gekommen und der war genauso unfähig wie du und ist voll in dich rein geknallt", sagte Sena frech. „Dieser dumme Hund!", rief Lino wütend und funkelte Sena an. „Und du junge Dame kannst froh sein, dass du meine Schwester bist und ich gerade höllische Schmerzen habe, ansonsten würde ich dich..." „So," sagte die Mutter streng, „das reicht jetzt ihr zwei Halunken." An Lino gewandt fuhr sie fort:

„Soll ich den Arzt rufen?" „Hilf mir erst Mal aufs Sofa, dann können wir immer noch den dummen Arzt rufen." Seine Mutter versuchte ihm aufzuhelfen aber sie schaffte es einfach nicht. Kein Wunder, schliesslich war Lino gut einen Kopf grösser als sie und bestimmt an die 40 kg schwerer. Da kam sein Hund Borvin angetrottet, setzte sich neben ihn und glotzte vorwurfsvoll. Seine Mutter wollte ihn weg scheuchen, aber Lino packte sein Halsband, und sogleich stand Borvin auf und zog mit aller Kraft nach vorne. Und diese Kraft war ganz beachtlich, immerhin brachte der riesige weisse Hund stolze 90kg auf die Waage. Mit der Hilfe von Borvin und seiner Mutter konnte er endlich aufstehen und zum Sofa hinüber humpeln wo er sich sogleich wieder wimmernd hinlegte. *Verdammt tut das weh!* „Sena mach dich bereit für die Schule!", rief ihre Mutter und ging zum Telefon. *Jetzt ruft sie doch diesen Arzt an.* Lino mochte ihn nicht. Er kannte ihn seit er denken konnte und fand ihn eigentlich immer ganz witzig. Aber als sein Vater verschwand wollte er Linos Mutter mit allen möglichen Tabletten voll pumpen und er hatte ihm ziemlich deutlich zu verstehen geben müssen, dass er das lassen sollte. „Er kommt etwa in einer Stunde, ich hole dir ein bisschen Eis zum drauf legen. Er hat gesagt, du sollst den Fuss nicht anfassen." *Kein Problem, wieso sollte ich auch etwas anfassen, das so höllisch schmerzt?* „Sena komm wir müssen gehen! Lino, ich muss jetzt zu Grossmutter, ich hab ihr versprochen, dass ich ihr bei den Einkäufen helfe. Ich lasse die Tür offen, dann kann Doktor Brack reinkommen, ohne dass du aufstehen musst." Er murmelte ein paar unschöne Worte, die seine Mutter zum Glück nicht verstand und drehte denn Kopf. Sena stand vor ihm. Plötzlich war sie wieder seine kleine Schwester, wie er sie kannte. „Tut mir leid Lino!", sagte sie und schaute ihn traurig an. Dieser Blick brach ihm fast das Herz. Er liebte seine Schwester über alles. „Kein Problem, Schwesterchen. Geh schön brav zur Schule!" Sie kam ungestüm auf ihn zu, umarmte ihn herzlich und rannte dann aus der Wohnung. Natürlich knallte sie hinter sich die Türe zu. *Na toll.*

Einige Zeit lag er einfach nur so da und wartete und wartete. Ab und zu sah er auf die Uhr, aber die Zeit verging überhaupt nicht. Das Eis auf seinem Fuss half zwar gegen die Schmerzen, allerdings war es mittlerweile fast geschmolzen und tropfte stetig auf den Parkettboden. Das Geräusch machte ihn halb wahnsinnig. Er wollte gerade einen Versuch wagen aufzustehen, um den Boden zu trocknen, da kam Borvin wie auf Kommando und schlappte das ganze Wasser weg. *Dieser Hund erstaunt mich immer wieder. Manchmal könnte ich schwören, dass du meine Gedanken lesen kannst.* Die Türklingel riss ihn aus seinen wirren Gedanken. „Es ist offen!", rief er so laut er konnte. Doch die Tür öffnete sich nicht. Lino wartete einen Moment, dann ertönte die Klingel erneut. Er seufzte genervt und schaute Borvin eindringlich an. „So jetzt will ich doch einmal sehen, ob du meine Gedanken lesen kannst. Geh, und öffne die Tür!" Lino fiel fast vom Sofa als ihn Borvin mit einem kurzen, fragenden Blick mass und dann in den Flur hinaus ging, wo kurze Zeit später Doktor Brack erschien. „Tag Lino!" grüsste er freundlich. „Dein Hund ist der Hammer, du musst mir unbedingt sagen, wie du ihm das beigebracht hast." „Wenn ich das so genau wüsste", sagte er mehr zu sich selbst. Verstohlen musterte er Borvin. *Das ist ja unheimlich.*

Doktor Brack untersuchte seinen Fuss gründlich und versuchte dabei ein bisschen über Gott und die Welt zu reden. Wahrscheinlich wollte er Lino vom Schmerz ablenken, aber der verstand nicht einmal die Hälfte seiner Worte. Schliesslich erklärte er ihm, dass er ihn in seine Praxis begleiten solle, weil er seinen Fuss schienen müsse. Missmutig schaute Lino ihn an. „Na komm Lino, das schaffen wir schon!" Seine gute Laune war unerschütterlich. Für sein Alter war Doktor Brack ein sehr kräftiger Mann. Er schaffte es auch ohne Borvins Hilfe, Lino der auch nicht gerade schmal gebaut war, zum Auto zu schleppen. Bevor Lino die Tür hinter mir schloss, signalisierte er Borvin mit Blicken, er solle im

Haus bleiben, bis er zurück sei. *Er wird mich schon verstanden haben. Vielleicht verliere ich auch gerade den Verstand, aber das interessiert mich gerade nicht.*

Vier

Die Diagnose von Doktor Brack war ernüchternd. Lino hatte einen doppelten Bänderriss. Er würde die nächsten vier Wochen an Krücken gehen müssen und Eishockey war für diese Saison mit an Wahrscheinlichkeit grenzender Sicherheit gestrichen. *Und das im Oktober! Wenigstens hat mein Rücken nichts abbekommen.* Inzwischen hatte er mit seiner Mutter telefoniert und sie holte ihn bei Doktor Brack ab. Leider konnte es der Arzt nicht lassen, Linos Mutter nach ihrem Gefühlszustand zu fragen, und Lino wollte ihn schon mit nicht gerade freundlichen Worten zurechtweisen. Doch als seine Mutter: "Es ist alles Bestens, danke", sagte, musste auch er einsehen, dass sie sich wohl immer noch etwas vormachte. Borvin sass noch genau an demselben Ort, wo Lino ihn zurückgelassen hatte. „Jaa du bist ein guter Junge. Jaja. Du bist der Beste mein Grosser, hast du fein gemacht!", sagte er zur Begrüssung und streichelte ihn ausgiebig. Obwohl er es eigentlich immer etwas dümmlich fand, wenn Menschen so mit ihren Hunden sprachen, konnte es auch Lino manchmal nicht ganz verhindern.
Borvin war schon ein ganz eigentümliches Exemplar eines Hundes. Schon oft hatte er das Gefühl, eine spezielle Verbindung zu ihm zu haben. *Aber wer denkt das schon nicht, von sich und seinem Haustier?*

Lino wollte gerade die Treppe nach oben in sein Zimmer humpeln, als jemand an der Eingangstür läutete. Überraschenderweise fing Borvin an zu bellen. „Ruhe, du dummer Hund, was ist denn los mit dir?" fuhr Lino ihn wütend an. Normalerweise bellte er nicht einfach los, bloss weil jemand an der Tür war. Augenblicklich verstummte sein Gebell und machte einem bedrohlichen, tiefen Knurren Platz. Lino öffnete die Tür, und hielt Borvin mit eisernem Griff am Halsband fest. „Was macht ihr denn hier?", fragte er erstaunt, als er in die etwas beunruhigt wirkenden Gesichter von Lynn und Mitch blickte. „Hi Lino. Wir haben gesehen, dass dich jemand humpelnd aus dem Haus getragen hat und als wir sahen, dass du zurück bist, wollten wir bloss fragen, was denn passiert ist", sagte Lynn mit einem besorgten Ausdruck auf ihrem Gesicht. „Oh ist das dein Hund? Der ist ja riesig!" Mitch streckte die Hand aus und wollte Borvin berühren. Er fing sofort wieder an zu bellen und versuchte sogar, nach Mitchs Hand zu schnappen, doch Lino hielt ihn eisern fest. Auch wenn er seine liebe Mühe damit hatte. Einmal mehr war er fasziniert von der unbändigen Kraft, die von diesem Hund ausging. Mitch zog erschrocken seine Hand zurück und wechselte einen – man könnte sagen verschwörerischen Blick – mit Lynn. „Bitte kommt doch rein", sagte Lino schnell um die unangenehme Stimmung etwas aufzulockern. „Ich bringe Borvin nur kurz nach oben." „Borvin?" riefen Mitch und Lynn

im gleichen Augenblick. „Ehm... ja, wieso?"
Lino verstand ihren Aufschrei ganz und gar
nicht, so aussergewöhnlich war dieser Name
nun auch wieder nicht. „Ach... ehhh... schon
gut, wir hatten einmal.... Ehh... eine Katze, die
Torvin hiess, das hat uns wohl ehm... naja
irgendwie daran erinnert", druckste Lynn
verlegen herum. Lino wollte gerade etwas
sagen, da schenkte sie ihm ihr strahlendstes
Lächeln und nun war er es, der verlegen etwas
herumdruckste. In diesem Moment kam Sena
die Treppe runter. Er stellte seiner Schwester
die beiden Gäste vor. Sie grüsste höflich,
schnappte sich Borvins Halsband und zog ihn
mit sich nach oben.

Lino humpelte zum Küchentisch und auch
Mitch und Lynn nahmen Platz. Aufmerksam
liessen sie ihre Blicke durch die Küche und
einen Teil des Wohnzimmers wandern. „Ich
würde euch ja gerne eine Führung anbieten",
sagte er etwas hilflos, „aber ich fürchte es ist
gerade ein bisschen schwierig mit meinem
Fuss. „Kein Thema, aber erzähl doch mal was
passiert ist", sagte Mitch. Und so erzählte er
ihnen die ganze Geschichte, liess aber den Teil
mit Borvin und ihrer seltsamen Kommunikation aus. Mitch mochte offenbar Hunde und so
fragte er Lino in allen Einzelheiten über Borvin aus. Besonders die Geschichte seiner Herkunft schien ihn brennend zu interessieren.
Aber leider konnte Lino ihm da auch nicht
gross weiterhelfen. „Mutter hat ihn mir und

Sena geschenkt, kurz nachdem unser Vater versch..... verstorben ist. Er sollte uns aufheitern und das hat er auch getan. Im Tierheim konnten sie uns damals nicht genau sagen, um was für eine Rasse es sich handelt. Irgendein Hüte- oder Hirtehund. Auch hätte niemals je einer gedacht, dass aus dem süssen kleinen Welpen innerhalb von zwei Jahren ein 90 kg Monster werden würde. Und von seiner Herkunft wissen wir überhaupt nichts. Er wurde vor dem Tierheim in einer Kiste gefunden, nur ein Zettel war dabei in dem auf krakeligen Buchstaben der Name Borvin stand. Sena und mir gefiel der Name, weil er irgendwie nach Abenteuer und verwunschenen Prinzessinnen klang, und so konnte Borvin seinen Namen behalten." Diesmal war sich Lino ganz sicher, dass die beiden sich schon wieder einen vielsagenden Blick zugeworfen hatten. Lynn fragte ihn, was denn mit seinem Vater passiert sei. Sie blickte ihm so tief in die Augen und rückte sogar noch ein bisschen näher an ihn heran, und beinahe hätte er ihnen erzählt, dass er nicht verstorben, sondern einfach verschwunden war. Irgendetwas schien es ihm unmöglich zu machen, sie anzulügen. Im letzten Moment und mit grosser Anstrengung riss er sich von ihrem Blick los und sagte: „Herzinfarkt. War schon alt. Ich will nicht darüber reden." Lynn schien zu merken, dass dieses Thema damit beendet war. Sie redeten alle Drei noch eine ganze Weile, über alle möglichen Dinge und lernten sich gegenseitig besser kennen.

Plötzlich kamen sie auch auf das Thema Eishockey zu sprechen. Da Lino seinem Coach noch gar nicht gebeichtet hatte, dass er für die nächsten Wochen ausfallen würde, war er froh, dass Mitch ihn begleiten wollte und sich vorerst als sein Ersatz zur Verfügung stellen wollte. „Du weisst, aber schon, dass du dir da ganz schön etwas aufbürdest? Bisher war noch keiner fähig genug, mich würdig zu vertreten.", sagte Lino mit einem breiten Grinsen. Lynn kicherte neben ihm und er zwinkerte ihr verschmitzt zu. Nur Mitch schien es falsch zu verstehen. „Du wirst schon sehen, wenn ich erst einmal ein Teil des Teams bin, werden sie dich nicht mehr brauchen.", sagte er gehässig und stand auf. „Lynn steh auf. Wir gehen!" Seine Schwester funkelte ihn böse an. „Geh du schon vor *Bruderherz*", sie betonte das Wort extra spöttisch. „Ich finde es gerade sehr nett; ich bleibe noch bei Lino." Sie ergriff seinen Arm. Lino war so perplex, dass er gar nicht bemerkte, wie Mitch auf dem Absatz kehrt machte und wütend davon stapfte. „Nimm es ihm nicht übel. Mitch war schon immer sehr... ehrgeizig. Dort wo wir vorher waren, war Mitch Kapitän im Hockeyclub der Schule. Er wusste, dass es schwierig, um nicht zu sagen, unmöglich für ihn sein würde, an einem neuen Ort gleich auf seiner Position weiter zu spielen." „Naja, da wird er es echt schwer haben. Seit einem Monat bin ich nämlich endlich zum Kapitän gewählt worden und ich werde meinen Posten ganz bestimmt nicht freiwillig abgeben!", erwiderte er siegessicher. „Weisst du, ich mag selbstbewusste Männer...", sagte Lynn und kam mit ihrem Gesicht ganz nach an seines heran. Linos Herz klopfte so laut, dass sie es praktisch hören musste. „...Aber du wirst ganz schön lange kein Hockey mehr spielen können." Mit dieser Aussage holte sie ihn sofort in die Wirklichkeit zurück. Keine Sekunde zu früh kam seine Mutter in die Küche und schenkte Lynn ihr schönstes Lächeln. Die beiden ungleichen Frauen stellten sich vor und Mrs. Fallon wandte sich an ihren Sohn. „Lino, ich gehe mit Sena zu Grossmutter. Es geht ihr nicht so gut, und ich will sie heute Nacht nicht alleine lassen. Borvin nehmen wir auch mit, du kannst ja jetzt eh nicht mehr mit ihm raus", sagte sie zerstreut und schaute dabei auf meinen verletzten Fuss. „Ja ist gut." Besorgt fügte er hinzu: „Aber er ist doch nichts Ernstes mit Grandma oder? Sonst komme ich auch mit." „Mach dir keine Sorgen mein Grosser. Sie ist nur ein bisschen schwach und es ist mir einfach wohler, wenn sie nicht alleine ist. Bleib du ruhig da. Macht euch einen schönen Abend!" Sena und Borvin kamen die Treppe runter. Borvin kam bis zur Küche, wollte aber partout nicht weiter gehen und liess sogar ein leises Knurren ertönen. Sena sah ihn erstaunt an, zuckte mit den Schultern und ging auf ihren Bruder zu. Sie umarmte ihn herzlich, warf Lynn einen undefinierbaren Blick zu und folgte schnell Borvin, der es offenbar nicht für nötig hielt sich von Lino zu verabschieden. Nachdenklich blickte er ihnen nach. *Was hat er bloss? Mag er Lynn einfach nicht, oder ist da doch mehr?* Fast so, als hätte er Linos Gedanken gehört, drehte Borvin noch einmal den Kopf in seine Richtung, blickte ihn mit seinen grossen schwarzen Augen traurig an und ging danach mit Mrs. Fallon und Sena nach draussen. *Manchmal ist dieser Hund echt unheimlich.* Er drehte den Kopf in Lynns Richtung, doch auch sie starrte noch immer zur Haustür, wo Borvin noch vor 10 Sekunden gestanden hatte. Sie merkte offenbar, dass er sie ansah. Sie drehte ihren Kopf zu ihm und blickte ihm direkt in die Augen. Er errötete und blickte schnell weg, doch aus den Augenwinkeln sah er, dass Lynn schmunzelte.

Fünf

„Dein Hund mag mich wohl irgendwie nicht", stellte Lynn enttäuscht fest. „Ach Quatsch!", antwortete Lino schnell. „Er ist immer so, wenn er jemanden nicht kennt." Lynn sah ihn an, als wüsste sie genau, dass dies keineswegs der Wahrheit entsprach. Linos Beine fühlten sich an wie Gummi. Trotzdem stand er auf. „Und, was machen wir jetzt noch?" „Hey komm schon, es ist dein Zuhause. Du solltest einen Vorschlag bringen", sagte Lynn und blickte ihn auffordernd an. Schnell drehte er sich um und öffnete den Kühlschrank. „Wir könnten hmmm....", verzweifelt suchte er nach einer guten Idee, bei der kein Nein zu erwarten war, und er sie gleichzeitig beeindrucken würde. Aus den Augenwinkeln sah er, wie Lynn aufstand und sich dicht hinter ihn stellte. Erst jetzt fiel ihm auf, dass sie fast gleich gross waren. Und dabei war er mit seinen 1, 83 Metern nicht gerade klein geraten. Ihr Duft stieg ihm in die Nase und er bemerkte nur langsam, wie seine Gedanken schon wieder abdrifteten. Ärgerlich schüttelte er den Kopf. *Was ist denn bloss los mit mir? Ich verhalte mich wie ein verliebter Teenager. Das ist nun wirklich selbst für meine zarten einundzwanzig Jahre zu kindisch.* Er ordnete seine Gedanken und musterte dieses Mal ganz bewusst und lösungsorientiert den Inhalt des Kühlschranks. „Wir könnten selber Pizza machen und uns danach einen Film ansehen. Bist du dabei?" Lynn trat einen Schritt zurück. "Weisst du was, das ist eine tolle Idee. Ich gehe bloss noch schnell nach Hause und sage meinen Eltern Bescheid, dass ich heute nicht mehr nach Hause komme." „Aber du kannst doch auch telef.... NICHT MEHR NACH HAUSE?" Die letzten Worte hatte er förmlich geschrien. Hatte er das gerade richtig verstanden? Lynn schenkte ihm ihr bisher schönstes Lächeln und nickte. „Naja, nur für alle Fälle weisst du. Ich bin in einer halben Stunde wieder da." Und mit Federleichten Schritten ging sie in Richtung Haustüre. „Oh... OK. Alles klar. Ja du hast Recht", so lässig wie möglich lehnte er sich gegen den Kühlschrank. „Dann bis später."

Kaum hatte sie die Haustür hinter sich zugezogen, schoss Lino aus der Küche. Er war schon fast die ganze Treppe nach oben gestürmt, als ihn der Schmerz in seinem Fuss mit voller Wucht von den Beinen fegte und er der Länge nach auf den Holzfussboden im Flur fiel. Er schimpfte laut vor sich hin und gebrauchte Wörter, die man normalerweise nicht einmal denken sollte. Mühsam stand er auf und schleppte sich ins Badezimmer. Er öffnete den Medizinschrank im Badezimmer und musterte die verschiedenen Döschen, Tuben und Fläschchen. Da kam ihm in den Sinn, dass er die Tabletten vom Arzt unten liegen gelassen hatte. Er verzichtete darauf, sie zu holen und noch einmal die Treppe hinauf zu klettern und stellte sich unter die Dusche. Das warme Wasser half ihm nicht im Geringsten, einen klaren Kopf zu bekommen. Er trocknete sich schnell ab, frisierte seine kurzen Haare so gut es auf die Schnelle ging und schleppte sich in sein Zimmer. Schnell räumte Lino das Gröbste auf, schnappte sich Trainerhose und T-Shirt und ging wieder nach unten in die Küche, wo er rasch in die Trainerhose schlüpfte. Sein Fuss nervte ihn tierisch. Er nahm eine Flasche Wasser aus dem Kühlschrank, öffnete die Packung mit den Schmerztabletten und brach sich zwei davon aus der Packung. *Oder hat Dr. Brack gesagt eine von denen und zwei von den Andern?* Er versuchte sich zu erinnern, da hörte er wie die Haustür geöffnet wurde und Lynn rief: „Ich komme rein, OK?" „Klar, komm nur, ich bin in der Küche." Schnell schob er sich die beiden Tabletten in den Mund, nahm einen grossen Schluck Wasser. Erst da fiel ihm ein, dass er ohne T-Shirt in der Küche stand. Er knallte die Flasche auf den Tisch, sodass sich die Hälfte über seine Hände und den Küchentisch ergoss und griff nach seinem T-Shirt. Doch zu spät. Lynn stand schon vor ihm und musterte aufmerksam seinen nackten Oberkörper. „Schön, schön. Man sieht, dass du Sport treibst." Schnell zog er sich sein T-Shirt über den Kopf. „Ach, geh du doch schon Mal ins Wohnzimmer. Im Regal haben wir eine grosse Sammlung DVDs, du kannst dir ja schon mal Einen aussuchen." Sie grinste ihn frech an ging ins Wohnzimmer. Lino schaltete den Backofen ein, nahm den fertigen Pizzateig aus dem Kühlschrank und legte ihn flach auf das Backblech. In Windeseile verteilte er Tomatensauce, Mozzarella, Schinken und Gewürze darauf. Er öffnete ein Glas mit eingelegten Oliven. *Ob Lynn Oliven mag?* „Kann ich dir helfen?", sagte Lynn hinter ihm. Lino war so in Gedanken versunken, dass er vor lauter Schreck das Olivenglas fallen liess. Die Oliven kullerten über den Boden, rollten unter den Küchentisch und an alle möglichen und unmöglichen Orte und die Sauce nässte Linos Socken. Wenigstens ging das Glas dabei nicht kaputt. Einige Sekunden stand er wie vom Donner gerührt einfach nur da und begutachtete den Schlamassel, bis Lynn laut auflachte und ihn damit aus seiner Erstarrung riss.

Lauthals fluchte Lino und kickte die letzte freche Olive weg, die es sich erlaubt hatte, ohne gebührenden Abstand zu seinen Füssen liegen zu bleiben. Lynn schaute ihn treuherzig an und sogleich schoss Lino die Schamesröte ins Gesicht. „Sorry... ehhh... das wollte ich nicht." „Kein Thema", sagte Lynn. Sie nahm das leere Olivenglas und pickte die Oliven vom Boden um sie wieder ins Glas zu füllen. „Ich mag sowieso keine Oliven!" „Achso, na dann ist ja gut, dass ich die Oliven bis nach Madagaskar verteilt habe", sagte Lino frustriert. Er nahm eine Rolle Haushaltspapier von der Anrichte und gemeinsam beseitigten sie schnell das Oliven-Massaker. Kaum war die letzte Olive wieder im Glas verstaut, piepte auch schon der Backofen. Lino humpelte zum belegten Pizzablech rüber und schob es in den mittlerweile vorgeheizten Ofen. Gemeinsam deckten Lino und Lynn den Tisch und schon bald roch es herrlich nach frischer Pizza. Lino nahm die Pizza wieder aus dem Ofen und schnitt sie in sechs gleichmässige Stücke. Lynn nahm zwei Gläser aus dem Schrank – woher wusste sie bloss, wo die stehen? –, nahm eine Flasche Pepsi aus dem Kühlschrank und ging ins Wohnzimmer. Lino versuchte inzwischen, den grossen Teller mit der geschnittenen Pizza in der einen und seine Krücke in der anderen Hand, ins Wohnzimmer zu gelangen. Lynn nahm ihm den Teller ab. „Also, welchen willst du sehen?" fragte Lino. „Also die meisten kenne ich schon, aber wie wärs mit *Atemlos*?". „Von mir aus", sagte Lino wenig begeistert. Neben dem Teenieschwarm-Hauptdarsteller kam er sich immer ein bisschen minderwertig vor. Er nahm sich vor, sich einfach dafür umso mehr auf die Nebendarstellerin zu konzentrieren.

Schweigend sassen Lino und Lynn nebeneinander und kauten gedankenversunken auf je einem Stück Pizza herum. Als die Szene kam, wo der bisher geglaubte Verbündete plötzlich zum Verräter wurde, seufzte Lino genervt. „Was hast du denn?", wollte Lynn wissen.

Lino erklärte ihr daraufhin, dass er Verräter hasse und er sich immer wieder frage, ob es eigentlich keine Menschen mehr gebe, die wenigstens noch einen Funken Moral besassen. Lynn meinte daraufhin, dass es manchmal eben nötig sei, jemanden zu verraten, wenn man dadurch sein eigenes Leben retten kann. Entgeistert starrte Lino sie an. "Ist das gerade wirklich dein Ernst?" Bald darauf entbrannte zwischen den beiden eine hitzige Diskussion. In Lino brodelte es mittlerweile. Er konnte Lynns Standpunkt überhaupt nicht verstehen. Kurz bevor der Streit zu eskalieren drohte, verstummte Lynn plötzlich und funkelte ihn mit ihren grossen Augen wütend an. Lino starrte zurück und musste plötzlich lachen. Auch Lynns Mundwinkel zogen sich langsam nach oben. Er öffnete den Mund und wollte gerade etwas sagen, als sie ihn plötzlich hart an den Schultern packte und ins Sofa drückte. Sie setzte sich auf ihn und sagte: „Hörst du jetzt wohl endlich auf mit mir zu diskutieren?" Lino verschlug es die Sprache. Noch bevor die Stille zwischen ihnen hätte peinlich werden können, küsste Lynn ihn direkt auf den Mund. Lino durchfuhr es wie ein Blitz, ihm wurde gleichzeitig heiss und kalt. Kurz lösten sie sich voneinander, aber nur um sich danach umso leidenschaftlicher zu küssen. Lino fingerte nach der Fernbedienung und sobald der Teenieschwarm verstummte, gaben sie sich ihren Gefühlen füreinander hin.

Sechs

Schnell wie der Wind huschte der Mann vom Fenster weg und ging zu der ganz in schwarz gekleideten Frau die in unmittelbarer Nähe stand. „Und, schafft sie es?", fragte sie ihn leise flüsternd. „Es sieht gut aus." Als die Frau ihn kritisch ansah, sagte er: „Du machst dir schon wieder zu viele Sorgen, sie weiss schon was sie tut." „Um sie mache ich mir auch keine Sorgen, ich finde es einfach irgendwie...", sie zögerte. „Genial, meisterhaft, bösartig, dem Zweck dienend?", fragte der Mann sarkastisch. Sie schaute ihn verachtend an. „Nein, ich finde es unrecht. Wir mischen uns in etwas ein, dass uns eigentlich gar nichts angeht und zerstören eine sowieso schon kaputte Familie." „Es geht hierbei aber in erster Linie um unsere Familie und mein Vermächtnis, du weisst ganz genauso gut wie ich was Mal... ähh du weisst schon wer mit uns macht, wenn wir seine Befehle nicht befolgen." Er warf einen letzten Blick auf das kleine Haus und lief in die entgegengesetzte Richtung davon. Die Frau folgte ihm mit kleinen nervösen Schritten. „Wozu bist du denn sein Bruder? Häh? Es muss doch auch einen Vorteil für uns geben, abgesehen davon, dass du der Erste bist, den er für seine schmutzigen Aufträge kontaktiert...", sagte die Frau gehässig.
Der Mann blieb abrupt stehen und drehte sich um. Die Frau reagierte zu spät und touchierte

ihn von hinten. Er packte sie heftig am Arm und zischte: „Pass auf was du sagst Weib, oder willst du den Zorn des Grosskönigs auf dich ziehen?" Die Frau wimmerte leise und versuchte sich loszureissen. „Schweig! Oder ich bringe dir bei was es heisst den Bruder des Grosskönigs zu kritisieren. Du tust was ich dir sage, hast du verstanden?" Sie funkelte ihn böse an. Kurz erwägte sie ihre Möglichkeiten sich loszureissen, entschied sich dann aber dagegen. Der harte Griff an ihrem Arm liess ihre Finger taub werden und sie konnte sich kaum bewegen. „Aber natürlich mein Liebling", flötete sie versöhnlich. „Ich meine es doch auch gar nicht böse, ich darf doch mit meinem Mann noch über meine Bedenken und Gefühle reden, oder nicht?" Er liess sie los. „Pha Gefühle, dass ich nicht lache, seit wann interessieren dich kleine Dorfjungen?" Die Frau seufzte und schüttelte den Kopf, sagte aber schliesslich nichts mehr und so gingen sie schweigend ihrer Wege.

Sieben

Der Mann sah alt und krank aus. Viel älter als Lino ihn in Erinnerung hatte. Offenbar war er schon seit längerer Zeit gefesselt. Er war schmutzig und sein Bart war lang und verfilzt. Seine Hände hingen in rostigen Eisenringen, die etwa einen halben Meter vom Boden entfernt in eine grobe Steinmauer gehauen waren. Lino wollte den Mann rufen, aber er konnte nicht. Er brachte keinen Ton heraus auch wenn er sich noch so anstrengte. Plötzlich hob der Mann seinen Kopf und schaute in seine Richtung. Lino erschrak, als er die trüben Augen seines Vaters erblickte. Er wollte wieder schreien, aber sein Mund war wie zugeklebt. Der Vater lächelte und sagte mit dünner, krächzender Stimme: „Mein geliebter Sohn hat mich gefunden. Nun wirst du dich bald auf deine Reise begeben von der du nie mehr zurück kehren wirst. Doch eins muss ich dir noch sagen. Mal..." Seine Stimme wurde immer schwächer und bald konnte Lino nichts mehr verstehen. Verzweifelt schüttelte er den Kopf um seinem Vater zu signalisieren, dass er ihn nicht hören konnte aber der schien es gar nicht zu bemerken. Er sackte in sich zusammen, senkte den Blick und murmelte etwas vor sich hin. An seinen Handgelenken rissen die Verletzungen der Eisenringe wieder auf und zwei dünne Rinnsale hellroten Blutes liefen seine mageren Arme hinunter.

Ein lauter Knall riss Lino aus seinem Alptraum. Er blinzelte und versuchte sich zu orientieren. Die Morgensonne schien genau in sein Gesicht. Er drehte sich ab und schaute sich um. Als er sich vergewissert hatte, dass er zuhause war, atmete er einige Male tief ein und wieder aus um sich zu beruhigen. Sein Herz pochte hart in seiner nackten Brust. Er dachte an den Traum. Es war wieder der gleiche Traum, den er und auch seine Schwester Sena schon so oft gehabt hatten. Nur war diesmal anders, dass sein Vater mit ihm sprach. Er schüttelte den Kopf und wollte aufstehen, da fiel ihm erst auf, dass Lynn nicht mehr da war. Er schnappte sich sein Shirt von der Sofalehne und grinste schelmisch. Lino wollte aufstehen um sich etwas zu trinken zu holen, da schoss ihm ein brennender Schmerz in seinen verletzten Fuss und zwang ihn zurück aufs Sofa. Fluchend suchte er nach seiner Krücke, doch sie war nirgends zu sehen, also humpelte er in die Küche. Lynn war offenbar nach Hause gegangen. Er öffnete den Kühlschrank, aber die letzte Flasche Cola stand noch im Wohnzimmer. Fluchend humpelte er zurück und als er gerade einen Schluck trinken wollte, klingelte es an der Tür. Lino verdrehte die Augen. "Will mich denn heute alles verarschen?" Er rappelte sich mühsam auf und ging zur Haustür. Im Flur fand er auch die Krücke, er konnte sich allerdings nicht mehr daran erinnern sie dort gelassen zu haben. Gedankenversunken starrte er auf die

Krücke, als es ein weiteres Mal an der Tür klingelte. „Jaaa ich bin schon unterwegs!" rief Lino aufgebracht. „Der doofe Postbote will bloss wieder früher Feierabend machen und darum stresst er jetzt so 'rum", murmelte er für sich selber. Als er die Tür öffnete stand da aber nicht der gestresste Postbote, sondern Lynns Bruder Mitch.

„Oh hi, was machst du denn h..." Weiter kam Lino nicht. Mitch rauschte an ihm vorbei und hätte ihn beinahe von den Füssen gerissen. „Hey was soll denn d..." „Halt die Klappe Fallon!" rief Mitch aufgebracht. Wütend ging er im Wohnzimmer auf und ab. Lino schloss die Tür und drehte sich zu ihm um. „Na, hattest du Spass mit meiner Schwester?" Bevor Lino antworten konnte sagte er: „Nur damit das klar ist, wenn du jemandem davon erzählst mach ich dich kalt!" „Weisst du was Mitch? Du kannst mich Mal. Ich hatte meinen Spass mit Lynn, na und? Wir sind doch alle alt genug, oder bist du es etwa nicht?" Mitch wollte etwas erwidern aber Lino unterbrach ihn mit einer herrischen Geste. „In meinem Haus lässt du mich gefälligst ausreden, verstanden?" brüllte Lino aufgebracht. Was erlaubte sich dieser dahergelaufene Möchtegern-Prinz-Charming eigentlich? Mitch faltete die Hände vor dem Gesicht und atmete tief ein. „Ok Fallon hör zu: Da wo wir herkommen hatte meine Schwester nicht gerade den besten Ruf. Sie hat uns allen versprochen, dass sie

sich bessern wird, aber offenbar hat sie es sich anders überlegt. Sonst wäre sie wohl kaum die Nacht über beim erstbesten Typen geblieben." Er machte eine Pause um seiner Beleidigung Nachdruck zu verleihen, doch Lino liess sein kindisches Gehabe kalt. „Bitte erzähl es einfach nicht rum. Glaub mir, wenn ihr Ruf sie erst Mal eingeholt hat, wirst du dir wünschen, niemand wüsste davon."
Lino verschränkte die Arme vor der Brust. „Sag Mal für wie blöd hältst du mich eigentlich? Ich bin doch keine sechzehn mehr und gehe damit prahlen, dass ich der Erste bin der was mit der Neuen hatte. Solche Sachen interessieren mich nicht. Was passiert ist, ist passiert und fertig." Er öffnete die Haustür und zeigte Mitch somit, dass das Gespräch zu Ende war. Mitch ging wortlos an ihm vorbei. Draussen drehte er sich noch einmal um und sagte: „Also was ist jetzt morgen, nimmst du mich mit zum Training?" „Klar, wenn du schon so nett fragst, warum nicht", sagte Lino unmotiviert und knallte die Tür hinter sich zu. Mitch blieb noch einige Sekunden hinter der Tür stehen, drehte sich aber schliesslich um und rannte davon. Lino sah ihm hinter der Tür lange nach und verfluchte ihn und alle seine möglichen Nachkommen in Gedanken, bis er schliesslich an Lynn dachte und sich wieder ein schelmisches Grinsen auf seinem Gesicht breit machte.

Acht

Schon von weitem hörte Lino seinen Hund bellen. Er schaltete den Fernseher aus und ging rasch in die Küche, wo er zwei leere Chipspackungen im Kehricht verschwinden liess und etwa 20 leere Dosen Vanille Cola gleich hinterher. Mit der freien Hand wischte er kurz über den Küchentisch, doch das Ergebnis war höchst unbefriedigend. Nun lagen die Krümel einfach auf dem Boden. *Naja wenigstens nicht mehr auf dem Tisch, Borvin wird sie dann schon fachgerecht entsorgen*, dachte Lino amüsiert und setzte sich an den Küchentisch. „Bruuuderrheeerrrz, wo bist duuuu?" „Hier bin ich Kleines!", rief Lino fröhlich. „Wo ist denn hier?", fragte Sena neunmalklug. „Küche!"
Mit lautem Getöse kamen Sena und Borvin in die Küche gestürmt und beide stürzten sich voller Wiedersehensfreude auf ihn. „Hiiilllfeeee", quietschte Lino extra übertrieben. Er umarmte seine Schwester und auch seine Mutter, die kurz darauf in die Küche kam und kraulte Borvin am Kinn, der sich danach ganz entspannt der Länge nach vor dem Küchendurchgang ausstreckte, so dass bestimmt niemand mehr die Küche jemals wieder hätte verlassen oder betreten können. *Ich liebe diesen Hund,* dachte Lino mit einem breiten Grinsen im Gesicht. Gerade so, als hätte Borvin seine Gedanken erraten, schaute er kurz in seine Richtung und seufzte dann tief,

bevor er auch schon bald laut zu schnarchen anfing.

Gemeinsam setzten sie sich an den Tisch. Sena und ihre Mutter erzählten Lino alles über den Besuch bei der Grossmutter. „Emma ist schon eine erstaunliche Persönlichkeit. Sie ist noch so unglaublich fit und braucht nur selten Hilfe und immerhin ist sie doch auch schon gut über siebzig..." Linos Mutter redete nur so drauf los und Lino merkte bald, dass etwas nicht stimmte. „Moment mal, hast du nicht gesagt, ihr geht zu Grossmutter, weil es ihr nicht gut geht?" „Öhh n...natürlich, wieso meinst du?", fragte seine Mutter verunsichert. Er warf Sena einen Blick zu, doch sie beachtete ihn gar nicht, sondern starrte nur ihre Mutter an und hämmerte mit den Fingern auf die Tischplatte. Plötzlich dämmerte es Lino. Wütend sprang er auf. Die Schmerzen in seinem Bein waren für einen Moment vergessen. „Ich hab's dir ja gesagt, Mama. Du hättest es ihm sagen sollen", sagte Sena mit leichtem Spott in der Stimme. Lino funkelte seine Mutter böse an. „Ja, du hättest es mir echt sagen können. Ich hab' mir schon Sorgen um Grossmutter gemacht." Er drehte sich um und wollte aus der Küche rauschen. Allerdings kam er mit seinem mittlerweile stark schmerzendem Fuss nicht besonders schnell vorwärts und so blieb der gewünschte Effekt aus. Als er endlich oben in seinem Zimmer angekommen war, knallte er die Tür so fest hinter sich zu, dass die Tür

beim Stoss einen feinen Riss abbekam, der sich quer über die ganze Tür zog. „SCHEISSE!", rief er wütend und verprügelte dabei sein Kopfkissen, bis er sich völlig erschöpft und mit hochrotem Kopf auf sein Bett fallen liess. *Ich kann es nicht fassen, dass ich ihren Geburtstag vergessen habe.* Es kratze an der Tür. *Dieser doofe Hund, er weiss doch genau, wie er die Tür aufmachen kann, muss ich jetzt echt wieder aufstehen, nur um ihn hinein zu lassen?* dachte Lino missmutig. Er wollte gerade aufstehen, als Borvin von aussen die Tür öffnete. Lino starrte ihn erstaunt an. *Langsam glaube ich echt, du kannst Gedanken lesen. Komm her mein Grosser.*
Borvin setzte sich in Bewegung und sprang mit einem kräftigen Satz neben Lino aufs Bett. Lino starrte ihn noch einige Minuten verwundert an, während ihm tausend Gedanken durch den Kopf gingen. Schliesslich stupste Borvin ihn mit seiner dunklen Schnauze an. Lino nickte. Er kuschelte sich an Borvin und fast augenblicklich verflog seine Wut und er fühlte er sich viel entspannter.

Neun

Er lag eine ganze Weile einfach so neben ihm und dachte über Vieles und doch nichts Richtiges nach, als es plötzlich unten an der Tür klingelte. Borvin richtete sich auf und stellte seine Ohren aufmerksam auf. Lino hörte seine Mutter nach ihm rufen, aber er hatte keine Lust jetzt wieder die Treppe hinunter zu humpeln. Borvin starrte ihn vorwurfsvoll an, doch als er merkte dass Lino sich nicht erheben würde, legte er den Kopf wieder aufs Bett und schloss die Augen. *Jaja ich weiss, aber wenn es wichtig ist, können sie ja auch rauf kommen, oder?* Borvin blickte ihn kurz mit seinen hellbraunen Augen an und drehte dann den Kopf von ihm weg. Lino schüttelte den Kopf und verschränkte die Arme vor der kräftigen Brust. Bald darauf hörte er, wie jemand die Treppe rauf kam. Oben an der Treppe verstummten die Schritte. Borvin und Lino richteten sich gleichzeitig auf und starrten gebannt zur Tür. Beide zuckten erschrocken zusammen, als plötzlich jemand klopfte.
„Es ist offen!", rief Lino laut.
Die Tür öffnete sich und vor ihnen stand Coach Furrer.
Borvin sprang ihm freudig entgegen. Lino hatte für einen kurzen Moment Angst, dass er den Coach mit sich zu Boden reissen würde. Aber Coach Furrer war kräftiger als er aussah und ausserdem kannte er Borvin und seine Art jemanden anzuspringen nicht erst seit gestern.

Er klopfte dem grossen Hund einige Male auf den Rücken, dann trottete Borvin zufrieden aus dem Zimmer. Coach Furrer setzte sich neben Lino aufs Bett. Er schaute sich ein bisschen im Zimmer um. Sein Blick blieb am Poster einer halbnackten Schönheit hängen. Gerade als es Lino anfing peinlich zu werden, schmunzelte der Coach und drehte sich zu ihm um. „Also erzählt mir Mal, wieso ich die nächsten sechs Wochen auf dich verzichten muss beim Training." Lino erzählte ihm bis ins kleinste Detail was mit seinem Fuss passiert war. Coach Furrer war nicht gerade erfreut darüber, einen seiner besten Spieler zu verlieren, machte Lino aber keine Vorwürfe. Er wollte gerade aus dem Zimmer gehen, als Lino eine Idee hatte. „Coach, warten sie." „Ja?" Lino erzählte ihm also noch die ganze Geschichte von Mitch. „Na gut", sagte Coach Furrer. „Dann bring diesen Mitch morgen mit zum Training. Und sieh zu, dass du so schnell wie möglich wieder auf den Beinen bist. Wir brauchen dich nicht nur als Spieler, auch für die Moral des Teams ist es besser, wenn der Captain nicht zu lange ausfällt." „Geht klar, Coach", sagte Lino. Er wollte den Coach noch zur Tür bringen, aber als er aus dem Zimmer humpelte, sah ihn Coach Furrer vorwurfsvoll an und Lino schlug rasch den Weg Richtung Badezimmer ein.

Zehn

Am nächsten Tag gingen Lino und Mitch gemeinsam zum Training. James und die anderen begrüssten Lino freudig und alle wollten wissen, was passiert sei. Also erzählte er die ganze Geschichte noch einmal und kaum hatte er seine Ausführungen beendet, riss Mitch die Aufmerksamkeit an sich. „Hallo zusammen, ich bin Mitch. Ich bin gerade eben hierher gezogen und mein Freund hier," er legte Lino demonstrativ einen Arm um die Schultern, „hat gemeint, ihr könntet noch einen starken Spieler gebrauchen." James warf ihm einen undefinierbaren Blick zu und wandte sich dann an Lino. „Ehh? Wer ist das?" Mitch wollte gerade etwas erwidern, da kam Coach Furrer in die Eishalle.
„Na was ist denn das hier für eine Disziplin? Warum seid ihr alle noch nicht umgezogen?" Betreten blickten die Spieler zu Boden. „NA LOS WORAUF WARTET IHR?", brüllte Coach Furrer in die Runde. „300 Sekunden, wer danach noch nicht auf dem Eis ist kann nach dem Training fünf Extrarunden auf der Laufbahn anhängen." Wie aufgeschreckte Hühner packten die Spieler ihre Taschen und rannten in Richtung Garderobe. Mitch war der Einzige, der ganz gemütlich in die Garderobe ging. Lino starrte ihm wütend nach. Wollte er sich etwa schon am ersten Tag Ärger einhandeln? Beschämt drehte er sich zu Coach Furrer um. „Sorry Coach, ich kenne ihn ja auch erst seit

ein paar Tagen." Coach Furrer blickte nachdenklich in Richtung Garderobe. Wortlos nahm er einen der Stöcke in die Hand und machte ein paar Probeschüsse aufs leere Tor. Nach und nach trafen alle Spieler ausser Atem und mit hochroten Köpfen auf dem Eis ein. Einige warfen Lino einen verstörten Blick zu. James und Mitch liessen auf sich warten. Plötzlich ertönte aus der Garderobe ein lauter Krach und kurz darauf wurde ein grosser Plastikkübel auf das Eis geschleudert. James und Mitch erschienen gleichzeitig in der Tür. Verbissen versuchten beide, als Erster auf dem Eis zu sein. James war vorne, doch gerade als er den ersten Fuss aufs Eis setzte, zog Mitch von hinten an seinem Trikot und riss ihn damit von den Füssen. Ohne James auch nur eines Blickes zu würdigen, knallte er das Bandentor hinter sich zu, nahm Anlauf und bremste kurz vor den wartenden Spielern so abrupt ab, dass sie alle in einer feinen Wolke abgesplitterten Eises gebadet wurden. „Verdammt nochmal spinnst du?", sagte James, der sich mittlerweile wieder aufgerafft hatte.

„RUHE!", brüllte Coach Furrer. „Du", er zeigte auf James, „hast dir soeben fünf Extrarunden verdient" „WAS?" „RUHE! Und du", diesmal zeigte er auf Mitch, „hast dir wegen Verspätung und unsportlichem Verhalten gleich sieben Extrarunden verdient" Mitch und James funkelten einander böse an. Lino stand wie abgeschlagen da und glaubte nicht, was er da sah. James war seit Kindertagen sein bester

Freund. Er war einer der freundlichsten und hilfsbereitesten Menschen die er kannte und er war noch nie unter 300 Sekunden aus der Garderobe gekommen. *Was ist da bloss passiert?*

„Und was ist mit dir? Ich weiss, du bist verletzt und kannst nicht spielen, aber bist du wenigstens mental anwesend?" Lino zuckte zusammen. Erst jetzt hatte er bemerkt, dass Coach Furrer ihn die ganze Zeit über verwundert gemustert hatte. „Klar, sorry Coach." „Also...", der Coach wandte sich nun an alle. „Wie ihr ja bereits mitbekommen habt, wird Lino für die nächsten sechs Wochen ausfallen." Ein allgemeines Aufstöhnen ging durch die Runde. Lino biss sich Innen auf die Backe, damit niemand seine heimliche Freude über die Bestürzung des Teams bemerkte. „Obwohl wir neben Lino als Captain auch noch die beiden Alternate-Captains haben, wird er heute seine Stellvertretung bestimmen." Alle Blicke richteten sich nun auf ihn und er trat einen Schritt vor. „Ich will niemanden bevorzugen oder unfair behandeln. Deshalb schlage ich vor, ihr gebt heute beim Training alles und ich beurteile euch anschliessend nach eurer heutigen Leistung." Die meisten nickten zustimmend, nur Mitch war davon wohl nicht so überzeugt. „Ich finde das ein bisschen unfair. Ich bin erst seit heute dabei und ich hab noch nie in diesem Team gespielt. Habe ich den überhaupt eine Chance auf den Posten des Captains?", fragte er. „Du hast die gleichen Chancen wie alle", sagte Lino. Der Coach räusperte sich und ergänzte: „Du wirst dir ganz schön Mühe geben müssen. Ich glaube das hat es noch nie gegeben, dass der Neuling gleich zum Captain ernannt wurde. So, und jetzt wärmt euch auf los, los, looooos! Ach und Ridden?" Mitch drehte sich um. "Du startest erst einmal als linker Verteidiger." Er blies kurz und stark durch seine Trillerpfeife und das sowieso schon unangenehme Geräusch wurde durch die leere Eishalle zusätzlich verstärkt. Es verfehlte allerdings seine Wirkung nicht und schlagartig setzten sich alle in Bewegung. Lino setzte sich auf die Ersatzbank und sah ihnen aufmerksam zu.

Elf

Ein lauter Knall riss Lino aus seinen Gedanken. Er zuckte zusammen und erst da fiel ihm auf, dass er noch immer in der Trainingshalle war. Er schüttelte den Kopf, rieb sich kurz die Augen und versuchte sich wieder aufs Spiel zu konzentrieren. Die Spieler waren gerade dabei, eine Einschussübungen zu machen, damit die zwei Torhüter warm wurden. Schade konnte er keinen der Torhüter zum Captain ernennen. Er musterte den grösseren der beiden. Jason. Er mochte ihn nicht besonders, musste sich aber eingestehen, dass er ein ganz passabler Torhüter war. Der zweite Torhüter, Kenny, war ein schmächtiger kleiner Typ mit rotem Haar. Er war noch nicht lange dabei und war bisher noch bei keinem Meisterschaftsspiel eingesetzt worden. Lino seufzte. Ihm fiel die Entscheidung alles andere als leicht. Nur der Kapitän durfte bei Streitfragen mit dem Schiedsrichter diskutieren, oder wenn er gerade nicht auf dem Feld war, durften diese Aufgabe die beiden Assistenz-Kapitäne übernehmen. Auch das Bindeglied zwischen dem Team und dem Trainer bildete ohne Ausnahme der Kapitän und er war ausserdem das Aushängeschild der gesamten Mannschaft. Eine ehrenvolle Aufgabe, deren Verantwortung allerdings schon zu oft unterschätzt wurde.

Er liess seinen Blick über die anderen Spieler des Teams schweifen. Mittlerweile hatten sie sich in ihre Spielblöcke aufgeteilt und spielten gegeneinander, jeweils einer der Torhüter auf der Heim-, bzw. Gastseite des Eisfelds.
Wieder fiel sein Blick auf Kenny. Er war erstaunlich gut und Lino fragte sich, warum ihn der Coach nicht mehr einsetzte. Er nahm sich fest vor, ihn bei der nächsten Gelegenheit darauf anzusprechen.

Lance, einer der beiden Alternate-Captains kassierte gerade eine Strafe wegen hohem Stock und setzte sich neben Lino auf die Bank. „Na, Kumpel, weisst du schon, wen du zum Kapitän ernennst?" Lino schüttelte den Kopf. Also ich als Alternate empfehle dir James zum Kapitän zu ernennen." Lino schaute ihn interessiert an und noch bevor er etwas erwidern konnte sagte Lance: „Naja Hugo und ich verstehen uns ganz gut mit ihm und du hättest ja sicherlich kein Problem damit, deinen besten Kumpel zu befördern, oder?" „Daran hab ich auch schon gedacht, aber ich will nicht, dass die anderen denken, ich mache ihn zum Kapitän, nur weil er mein bester Freund ist." Lance zuckte mit den Schultern und stand auf. „Ach, lass sie doch reden, du kannst es eh nie allen recht machen und es wäre ja nur für sechs Wochen" sagte er und ging zurück aufs Eis. Lino beobachtete nun James. Er war ein ausgezeichneter rechter Verteidiger. Er gab schöne Pässe die fast immer ihr Ziel erreichten und hatte auch schon das ein oder andere Tor geschossen. Er hatte das Talent, immer zur richtigen Zeit am richtigen Ort zu stehen und die nächsten Schritte seiner Gegner perfekt vorauszusehen und rasch zu handeln, ja auch mal zu improvisieren.

Zusammen waren sie stets ein unschlagbares Team gewesen und sie hatten mit ihrer starken Verteidigung so manchen Gegner zur Weissglut getrieben, weil an ein Durchkommen meist nicht zu denken war. Oft endete das Ganze dann mit einer Strafe wegen übertriebener Härte. Lino schmunzelte. Er freundete sich immer mehr mit dem Gedanken an, James zum Kapitän zu ernennen, wollte aber nicht, dass später dessen Autorität untergraben wurde, weil die Spieler dachten, Lino hätte ihn bevorzugt.

Sein Blick fiel auf Mitch. Er spielte offenbar nicht zum ersten Mal auf der Position des linken Verteidigers. Er war etwas langsam, und hielt den Stock oft nur in einer Hand. Plötzlich schien er zu bemerken, dass er beobachtet wurde. Jason spielte ihm den Puck zu und er schoss nach vorne. Für einen kurzen Moment verlor er den Puck und einer der Gegenspieler begann sogleich mit einem Angriff in Richtung Jason. Mitch reagierte blitzschnell, nahm dem gleichen Spieler den Puck wieder ab und spielte ihn zu Chris, dem Center. Dieser spielte den Puck mit seinem Stock hin und her auf der Suche nach dem nächsten freien Mann. Der Einzige, der sich aus der Deckung reissen konnte war Mitch, und so spielte er ihm den Puck zu. Mitch gelang es im letzten Moment, den Puck anzunehmen, bevor ihn der Gegner erreichte. Er drehte sich um und schoss den Puck in der gleichen Bewegung mit voller Wucht aufs gegnerische Tor. Kenny bremste den Schuss mit dem Blocker, der Puck fiel vor ihm zu Boden und er griff mit dem Fanghandschuh danach. Chris war mittlerweile herbei geeilt und fischte ihm den Puck im letzten Augenblick aus der Hand. Er lief in Gretzky's Office, den Bereich hinter dem Tor, spielte den Puck in einer perfekten Vorlage zu Mitch, der diesen anschliessend ins Tor katapultierte. Das alles ging so schnell, dass Kenny keine Chance hatte.

Mitch und Chris fielen sich in die Arme und klopften einander anerkennend auf den Helm. Nach und nach kamen auch die anderen Spieler dazu und gratulierten ihm. Nur James blieb etwas abseits und applaudierte von Weitem. Mitch löste sich aus der Gruppe und sah triumphierend zu Lino. Dieser nickte anerkennend und setzte sich anschliessend wieder auf die Bank. Ein schönes Tor, das musste er zugeben. *Allerdings jetzt auch nicht so die Topleistung, wenn man bedenkt wie wenig Erfahrung Kenny in Wirklichkeit hat.* Aber das konnte Mitch ja nicht wissen. Das Spiel dauerte noch weitere fünf Minuten an, in denen beide Seiten mehrere Tore erzielten. Lino brauchte nicht mehr zuzuschauen, er hatte sich bereits entschieden, wem er den Posten als Kapitän übertragen würde. Schliesslich wurde das Spiel durch Coach Furrer abgepfiffen.

Zwölf

Mit hochrotem Köpfen und heftig schnaufend kamen alle Spieler in der Mitte zusammen. „Jungs, das war grosse Klasse. Kenny, grossartige Leistung..." Der Coach verteilte noch weitere Komplimente. Schliesslich war Lino an der Reihe. „Auch von mir ein grosses Kompliment an Euch alle, das war weltklasse. Chris: tolle Vorlage. Mitch: schönes Tor. Kenny: WOW Alter, du hast gerockt!" Er hob die Hand, Kenny schlug ein und alle lachten. „Das bringt mich nun zu der Entscheidung, wer für die nächsten Wochen an meiner Stelle Captain sein wird. Der Dritte im Bunde neben Hugo und Lance" er warf den beiden einen Blick zu, den sie mit einem Kopfnicken erwiderten, „wird.... James!" James blickte erstaunt auf und ein breites Grinsen erschien auf seinem Gesicht. Einige applaudierten, aber viele, darunter auch Mitch, schüttelten die Köpfe und Jason sagte: „War ja klar." Der Coach hob die Hand und brüllte: „RUHE!" „Danke Coach. Also, Jungs. Weil ich schon mit dieser Reaktion gerechnet habe, sage ich dazu folgendes: Wir machen es wie die Chicago Blackhawks. Kein Captain, dafür drei Alternate-Captains. Er warf einen raschen Seitenblick auf Coach Furrer, der ihn verwundert anstarrte und schliesslich anerkennend nickte. Auch von den Spielern vernahm Lino ein zustimmendes Gemurmel. James Blick schien ein wenig enttäuscht, doch Lino war sich sicher, er würde seine Entscheidung verstehen. „Also dann, Brigdewood Falcons, seid ihr damit einverstanden?", rief Lino in die Runde. Zu seiner Erleichterung begannen nach und nach alle zustimmend mit ihren Stöcken aufs Eis zu schlagen.

Ein kleiner dicker Mann kam die Tribüne hinuntergerannt und schrie aufgebracht: „Hört auf damit! Denkt ihr ich will jedes Mal nach dem Training das Eis neu machen?" Der Coach drehte sich um. „Schon gut Dutty, ist ja nichts passiert." Und an die Jungs gewandt sagte er: „Kommt schon Jungs, wir wollen unseren Eismeister seiner alten Tage doch nicht unnötig aufregen. Für heute ist das Training beendet. Geht duschen und danach ab nach Hause. Ach und bevor ich's vergesse: Ridden und Calderari, ihr dreht noch eure Ehrenrunden auf der Laufbahn draussen." Er packte Dutty an der Schulter und gemeinsam verliessen sie die Eishalle. Nach und nach begaben sich die Spieler in Richtung Garderobe. Lino rief: „Ich warte draussen auf dich." Mitch und James drehten sich um und riefen gleichzeitig: „OK, bis nachher." Wütend funkelten sie einander an. „He kommt schon, kein Streit jetzt. Dreht eure Extrarunden und dann treffen wir uns alle drei wieder hier und gehen noch auf eine Pizza beim Italiener vorbei", rief er lachend und setzte sich wieder auf die Bank. „Aber nur, wenn der Neue zahlt!", sagte James und schaute Mitch herausfordernd an.

Die beiden verschwanden nun endgültig in der Garderobe und Lino kam sich plötzlich sehr einsam vor, wie er da in der grossen Eishalle sass. Draussen war es längst dunkel geworden und die Halle wirkte nun, nach dem Getöse der vorangegangenen Trainings unheimlich still. Lino fröstelte und dies obwohl es im Herbst in der Eishalle normalerweise noch gar nicht so kalt war. Er stand auf und ging ein paar Schritte, bis er beim Ende der Strafbank angelangt war. Dort machte er kehrt und ging den Weg zurück, bis er auch das andere Ende erreicht hatte. Obwohl gehen übertrieben war, er humpelte mehr und stützte sich dabei auf die Bande, bis seine Hände ganz taub von der Kälte waren. Schliesslich blieb er stehen und beugte sich über die Bande. Einige Minuten stand er fast reglos da und dachte über das Training nach. Er wollte unbedingt noch einmal mit Doktor Brack reden, ob er nicht etwas tun konnte, damit sein kaputter Fuss schneller wieder einsatzbereit sein würde. Seine Gedanken schweiften ab und plötzlich dachte er wieder an seinen Vater und den seltsamen Traum, den er vor kurzer Zeit gehabt hatte. *Wo er wohl steckt? Vielleicht hat er ja schon längst eine neue Familie gegründet und uns vergessen? Ob er diese neue Familie nach einiger Zeit auch so eiskalt im Stich lassen wird wie Mama, Sena und mich?* Er ballte die Hand zur Faust und drehte sich um und dabei fiel sein Blick auf den Eimer mit den Pucks. Wütend wollte er danach treten, besann sich aber im letzten Moment eines Besseren. Er nahm ihn in am Henkel und schleuderte ihn mit voller Wucht auf die Eisfläche. Bereits im Fliegen fielen einige der Pucks in grossem Bogen aus dem Eimer und als dieser schliesslich aufs Eis knallte, zerbarst er in mehrere Einzelteile und sämtliche Pucks verteilten sich über die Eisfläche. Lino zuckte zusammen. In der leeren Eishalle klang das Ganze fast ein bisschen wie eine Explosion. Ängstlich liess er seinen Blick über die Zuschauertribünen wandern um sicher zu gehen, dass niemand seinen Wutausbruch mitbekommen hatte. Aus den Augenwinkeln meinte er eine Bewegung wahrzunehmen aber als er genauer hinsah, konnte er nichts entdecken.

Lino seufzte und machte sich schliesslich daran, die Pucks wieder einzusammeln. Er liess seinen verletzten Fuss übers Eis gleiten und trieb die Pucks mit einem der Stöcke zusammen. Gerade als er den letzten Puck eingesammelt hatte, hörte er auf einmal hinter sich ein ganz leises Rascheln. Lino drehte sich schnell in die Richtung, aus der er das Geräusch vermutete.

Alarmiert suchte Lino erneut den Zuschauerbereich ab, und wieder sah er aus den Augenwinkeln eine Bewegung. Doch auch dieses Mal war er sich nicht sicher, ob im seine Sinne nur einen Streich spielten. Er fühlte sich auf einmal völlig ausgestellt, wie er da ganz alleine auf der Eisfläche stand und ein ungutes Gefühl überkam ihn. Hastig stapelte er die Pucks auf der Strafbank und verliess dann so schnell es eben ging die Eishalle.

Draussen atmete er erleichtert auf. Es war wärmer als er gedacht hatte und von Weitem sah er schon Mitch und James, die ihre Runden drehten. Er wollte sich gerade auf den Weg zu Ihnen machen, als ihm in den Sinn kam, dass er seine Krücken in der Garderobe vergessen hatte. Er überlegte sich gerade, ob er noch einmal zurück gehen sollte, entschied sich dann aber dagegen. Die beiden müssten nach den Strafrunden sowieso noch mal in die Garderobe, und James wäre sicherlich so freundlich, ihm die Krücken mitzubringen. Diesmal hörte er hinter sich das Quietschen einer Tür, danach wieder das unheimliche Rascheln und als er sich umdrehte, stand Lynn vor ihm.

Dreizehn

„Hallo Lino!", sagte sie fröhlich und gab ihm einen Kuss auf den Mund, den er nur zu gern erwiderte. Er zog sie an sich. Auf einmal war er unglaublich froh, dass sie da war. Sanft löste sie sich aus seiner Umarmung. „Wo sind denn alle? Ich wollte Mitch beim Training zusehen, aber die Eishalle ist leer." Er blickte sie fragend an. *Ob sie wohl schon lange drin gewesen war und sich wegen meinem Wutausbruch nicht getraut hatte, aus den Schatten zu treten?* Stumm deutete er zur Rennbahn, die durch die Flutlichtanlage hell beleuchtet war. „Was tun die denn da?", fragte Lynn. „Ich erkläre es dir auf dem Weg, ich wollte sowieso gerade zu ihnen gehen", sagte Lino und machte einen humpelnden Schritt in die gezeigte Richtung. „Warte, ich helfe dir." Lynn nahm seinen Arm über ihre schmalen Schultern und gemeinsam gingen sie langsam auf die beiden zu, die noch immer ihre Strafrunden drehten. Lynn war zwar kräftiger als sie aussah, doch er getraute sich nicht wirklich, sich auf sie zu stützen und so kamen sie nur langsam vorwärts. Er erzählte ihr alles, was beim Training vorgefallen war. Als sie endlich bei den Zuschauerbänken ankamen sagte Lynn: „Das ist typisch für meinen Bruder, er mag es nun mal nicht, wenn er nicht die Nummer Eins ist." Lino blickte nachdenklich zu Mitch. „Hmm jaaa... so was Ähnliches habe ich mir schon gedacht", sagte

Lino und setzte sich auf einen der Bänke auf der Zuschauertribüne. Offenbar fanden es James und Mitch gar nicht so schlimm, dass sie zusammen die Strafe absolvieren musste. Sie alberten herum, rempelten sich gegenseitig an und legten zwischendurch einen Spurt ein, um einander zu zeigen, wer der Schnellere war. Mitch war unglaublich schnell. Lino wollte Lynn gerade darauf ansprechen, als plötzlich sein Handy klingelte. „Hallo? Oh hallo Sena. Was gibt's denn? Hm ja wenn du willst, das wäre echt nett von dir, danke Schwesterchen. Bis bald und pass auf dich auf. Tschüssi". Er verstaute das Handy umständlich in seiner Hosentasche. „Was wollte denn dein Schwesterchen?", fragte Lynn neugierig. „Och, sie wollte wissen, ob ich später noch mit Borvin... also ähh... dem Hund rausgehe, oder ob sie das erledigen soll. Aber ich bin im Moment ja sowieso etwas angeschlagen", sagte er schmunzelnd und hob sein verletztes Bein in die Höhe. „Ja da hast du..." Lynn verstummte plötzlich und starrte angespannt in Mitchs Richtung. Ein ganz leises „ohhhh" entschlüpfte ihren Lippen. „Was hast du denn?", wollte Lino wissen. Lynn starrte abwesend auf den Boden und reagierte erst auf Linos Frage, als dieser sie sanft an der Schulter rüttelte. „Ohhh.. ehh. Sorry, mir ist nur gerade etwas in den Sinn gekommen, ich muss sofort nach Hause." Gehetzt sprang sie auf. „Tut mir leid Lino, ich muss das unbedingt erledigen, aber ich ruf' dich nachher an." Mit diesem Satz drehte sie sich um und rannte quer über den Sportplatz davon. Lino bemerkte verwundert, dass Lynn genauso schnell rennen konnte wie ihr Bruder Mitch. Er drehte den Kopf in seine Richtung und stellte fest, dass auch Mitch seiner Schwester nachdenklich nachschaute. Doch da kam auch schon James von hinten und versuchte sich auf ihn zu stürzen. Beinahe hätte es geklappt, doch James' Hände rutschten ab und beide fielen lachend zu Boden. James war zuerst wieder auf den Beinen und streckte Mitch die Hand hin. Dankbar griff er danach und dann kamen die beiden lachend auf Lino zu. Lino war sich nicht sicher, was er von der plötzlichen Freundschaft der beiden halten sollte. Schliesslich stand er auf und sie gingen gemeinsam zum Italiener, um ihren Hunger zu stillen.

Vierzehn

„Hmmm, die Pizzas hier sind ja toll!", schwärmte Mitch und biss herzhaft in ein gigantisches Stück Pizza. James und Lino schauten sich vielsagend in die Augen und James erwiderte: „Wart nur einmal bis du die hier probiert hast, die stellen deine Pizza gleich in den Schatten." Mitch packte seine Gabel und spiesste eine der Tortellini auf James Teller auf und führte ihn in Richtung Mund. „Hee, was soll denn das? Kannst du nicht wenigstens vorher fragen?", rief James wütend. Mit vollgestopftem Mund und grossen Augen glotzte Mitch ihn an. Schliesslich zuckte er mit den Schultern und stopfte sich eine Weitere Tortellini in den Mund. Lino schüttelte verärgert den Kopf. „Von Tischmanieren keine Spur...", murmelte er. „Blablabla", sagte Mitch abfällig. „Iss deine Lasagne und lass mich bloss in Ruhe, Fallon." Er betonte das letzte Wort fast so, als sei es ein Schimpfwort. Lino schaute ihn verwundert an. „Woher plötzlich diese Feindseligkeit? Alles nur wegen Lynn?" „Was heisst hier NUR wegen Lynn? Und ausserdem, ich dachte du wolltest es niemandem erzählen." Wütend deutete er auf James. Dieser hob unschuldig beide Hände in die Höhe. „He He Jungs, nur mal locker, wir sind doch hier um unseren Hunger zu stillen und nicht um uns zu streiten, oder? Lino hat mir gar nichts erzählt. Ausserdem, was du kannst Mitch, das kann ich schon lange!" Den letzten Teil des

Satzes hat er fast geschrien, es dabei aber nicht versäumt, seinerseits nun die Gabel in Mitchs zweiten Teller, der über und über mit goldgelben Fritten vollgestopft war, zu stecken und die ungefähr sieben Pommes die daran fest sassen, mit einem triumphierenden Geräusch in seinen Mund zu stopfen. Mitch blieb vor Überraschung der Mund offenstehen, der immer noch voller Pizza und Tortellini war. Lino konnte plötzlich nicht mehr anders und musste laut lachen. *Diese Vollidioten,* dachte er amüsiert. Mitch hatte sichtliche Mühe seinen Mund wieder zu schliessen und die unappetitlich aussehende Masse in seinem Innern zu kauen. Schliesslich schluckte er schwer, nahm den grossen Becher Cola der vor ihm stand und kippte ihn sich hinein, als hätte er gerade einen anstrengenden Marathon hinter sich. „Hier", sagte er arrogant. „Du hast die Hälfte vergessen." Und damit packte er sich eine Hand voll der köstlich duftenden Fritten und warf sie James an den Kopf. Eine davon landete sogar in seinem Eiswasser. „Na warte!" James versuchte verzweifelt einen der Eiswürfel zu greifen. Mitch erkannte wohl die Gefahr und sprang schnell auf, wobei sein Stuhl mit lautem Getöse umfiel. James überlegte es sich indessen anders und packte das Trinkglas. Er stand auf und lief auf Mitch zu. Dieser machte im letzten Moment einen Schritt zur Seite. James erkannte seinen Fehler zu spät und das Eiswasser landete mit einem lauten *Platsch* im Gesicht vom Restaurantbesitzer. Lino und Mitch konnten nicht an sich halten und prusteten los, James jedoch warf ihnen nur böse Blicke zu. „Ohh das tut mir echt leid, Luigi, das wollte ich nicht, eigentlich wollte ich... ehmm also ich wollte eigentlich gar nichts. Ehh naja... du weisst schon", sagte er hilflos. Luigi nahm das Küchentuch von seiner Schulter, trocknete sein Gesicht ab und ging danach kommentarlos zurück in die Küche. James bückte sich, um wenigstens die Eiswürfel noch vom Boden aufzusammeln. Schliesslich setzten sich alle wieder an den Tisch und assen schweigend zu Ende. Luigi kam nicht mehr, sondern schickte stattdessen seine Frau um einzukassieren. Sie schenkte den drei Jungs ein warmes und verständnisvolles Lächeln und schüttelte nur den Kopf, als James sich nochmal entschuldigen wollte. Gemeinsam gingen sie nach draussen, wo Mitch sofort eine Zigarette anzündete. „Was, du rauchst?", fragte Lino überrascht. „Na und? Geht dich doch nichts an, du bist ja nicht mein Vater." „Nein aber ich bin der Kapitän und..." „Pha", sagte Mitch wütend und blies ihm den Rauch ins Gesicht. „Schon vergessen? Dein Fuss ist kaputt und du bist jetzt nicht mehr der Kapitän. Wenn schon kann mir höchstens der Assi hier was sagen", er deutete auf James. Lino sah ihn auffordernd an. Offensichtlich war James mit der Situation überfordert, denn er starrte beide nur abwechselnd mit grossen

Augen an und zuckte dann mit den Schultern. „Jay, Alter, sag doch was. Er kann doch nicht rauchen wenn er im Team ist, du kennst Coach Furrers Einstellung." „Er muss es ja nicht erfahren." „Wie bitte?" „Ach komm schon Lino ist doch egal. Er muss es selber wissen oder der Coach kann ihn danach nochmal erinnern." Mitch schaute Lino triumphierend an. Innerlich kochte Lino, aber er dachte wieder an Lynn und so drehte er sich schliesslich um und machte sich auf den Heimweg. Er war bereits nach ein paar Metern völlig aus der Puste, weil er mit den Krücken nicht schnell genug von Mitch wegkommen konnte. James verabschiedete sich mit Handschlag und einer angedeuteten Umarmung von Mitch und folgte ihm schliesslich. „Lino, warte mal."

Wütend stapfte Lino davon. Als James ihn fast erreicht hatte, drehte er sich zu ihm um. „Was ist bloss los mit dir? Erst gehst du ihm im Training fast an die Gurgel, und wenn du deiner Verantwortung als Kapitän nachkommen solltest, ziehst du plötzlich den Schwanz ein?" James wollte etwas erwidern, doch Lino war schneller. „Und was sollte diese Verabschiedung vorhin? Normalerweise…" „Hey jetzt reicht's aber mal. Was ist denn eigentlich los mit DIR? Ich bin nur der Assi und nicht der Trainer und hey, es ist mir doch egal, wenn er nicht fit genug zum Spielen ist nächsten Samstag. Und wieso bist du plötzlich so eifersüchtig? Bin ich neuerdings deine Freundin oder was ist los?" Lino schnaubte wie ein wütender Stier und funkelte ihn böse an. Schliesslich entspannte er sich und winkte ab. „Ach ich weiss auch nicht. Ich bin wütend, weil ich nicht spielen kann am Samstag und ich bin wütend, dass ihr alle das so gelassen zu nehmen scheint. Ihr habt ja jetzt einen Ersatz für mich gefunden. Und nein, du bist nicht meine Freundin, du hast mir zu viel Haare auf der Brust." Er stiess ihm eine Hand vor die Brust, sodass James einige Schritte zurückweichen musste. James strahlte ihn an. „Ach wenn wir schon dabei sind, was war das eigentlich genau mit Lynn?" Lino verdrehte übertrieben die Augen. „Hilf mir mal lieber, wie du weisst, kann ich nicht so gut laufen und meine Hände tun schon weh von den doofen Gehstöcken." James legte sich seinen Arm auf die gleiche Weise über die Schulter, wie es Lynn vorhin getan hatte. James allerdings war viel stärker und trug beinahe Linos ganzes Gewicht, so dass sie viel schneller vorwärts kamen. „Wo hast du eigentlich dein Motorrad?", fragte er James. „Das steht noch vor der Trainingshalle, ich gehe es nachher holen, aber zuerst bringe ich dich nach Hause." Schaudernd dachte Lino an das unheimliche Gefühl beobachtet zu werden, dass er vorhin in der Eishalle so deutlich gespürt hatte. Er war sich immer noch nicht sicher, ob es tatsächlich Lynn gewesen war, die ihn beobachtet hatte. Gerade als hätte James seine

Gedanken gelesen, sagte er: „Mensch, jetzt erzählt schon endlich von Lynn. Was genau hast du getan, dass Mitch dich so hasst?" Und so erzählte Lino seinem Freund alles bis ins kleinste Detail. Er erzählte ihm auch von Mitchs Besuch am nächsten Morgen. Sie bogen gerade in die Strasse ein in der Lino wohnte und James wollte etwas sagen, doch da blieb er so abrupt stehen, dass Lino beinahe hingefallen wäre. „Hey was....", er brach mitten im Satz ab. Schon von Weitem konnte man rote und blaue Lichter an den Häuserfassaden tanzen sehen. Vor Linos Haus standen ein Ambulanz- und ein Polizeifahrzeug mit eingeschaltetem Lichtsignal.

Fünfzehn

Lino war starr vor Schrecken. Genauso hatte es ausgesehen, als damals sein Vater verschwunden war. Ob er am Ende wieder aufgetaucht war? Ein kleines Fünkchen Hoffnung glimmte in ihm auf, erstickte aber genauso schnell wieder. James war bereits einige Schritte voraus gelaufen, drehte sich dann aber wieder um und gemeinsam gingen sie so schnell wie möglich zum Haus. Lino hatte das Gefühl taub zu sein. Er hörte kaum die aufgeregten Rufe der Polizisten und Sanitäter. Er hörte nur seinen eigenen hämmernden Herzschlag. Er nahm alles wie in Zeitlupe war. Einer der Polizisten stand am Auto und machte seine Durchsagen am Funkgerät. Ein anderer Polizist stand in der Haustüre und diskutierte mit einem Sanitäter. Plötzlich machten beide einen raschen Schritt zur Seite und gaben den Blick frei auf zwei weitere Sanitäter, die eine Person auf der Trage hinaus brachten Linos Blick fiel auf die Frau die dort lag. Seine Mutter. Er riss sich von James los und stürzte an die Trage. Seine Mutter hatte die Augen weit aufgerissen und atmete trotz Sauerstoffmaske kurz und unregelmässig. Sie starrte ihn an und ihre Augen füllten sich mit Tränen Lino nahm ihre Hand in seine. Sie war eiskalt und feucht. „Mam, was ist denn bloss passiert? Und wo ist Sena?" Seine Mutter wollte die Sauerstoffmaske abnehmen um ihm zu antworten, aber die Rettungssanitäterin drückte ihr die Maske gleich wieder aufs Gesicht und sagte zu Lino: „Deiner Mutter geht es soweit ganz gut. Sie hatte nur einen Schwächeanfall. Mach dir keine Sorgen, wie wird schnell wieder auf den Beinen sein." Sie wechselte einen undefinierbaren Blick mit ihrem Kollegen. Er nickte und sagte dann: „Wenn du willst, kannst du mitkommen." „Wo... ist Sena? Wo... ist meine... Schwester?", fragte Lino stockend. Sein Hals war wie zugeschnürt und er brachte kaum ein Wort heraus. Die Sanitäterin schüttelte den Kopf und sagte: „Das wissen wir nicht." Lino wollte sich gerade umdrehen, als ihm plötzlich die komische Wortwahl der Sanitäterin auffiel. „Was meinen sie damit, sie wissen es nicht?" „Lino, komm her!", rief einer der Polizisten in seine Richtung. Widerwillig liess er die Hand seiner Mutter los und ging mit James zu dem Polizisten. „Hallo Lino, ich bin Detektive Proobe. Können wir uns kurz drinnen unterhalten?" Gemeinsam gingen sie ins Haus. Es war ein einziges Chaos. Lampen und Vasen lagen zerbrochen am Boden, der Küchentisch war zur Seite gekippt worden und am Boden lag ein blutiges Taschentuch. Lino setzte sich auf die Couch und schaute sich ungläubig um. „Was ist hier passiert?", fragte er Detektive Proobe. Der massige Mann seufzte. „Lino, weisst du wo deine Schwester ist?" „Was? Nnn... nein. Naja sie wollte mit Borvin raus. Wieso? Und wo ist sie überhaupt?" „Nun ja Lino, das ist genau das

Problem. Wir wissen es nicht. Sie ist nicht nach Hause gekommen. Deine Mutter hat uns angerufen und sie als vermisst gemeldet, weil sie schon lange hätte da sein müssen. Sie wusste, dass du beim Training warst und wollte dich nicht stören. Wir haben nach Ihr gesucht, doch wir haben nur das hier gefunden." Er griff in seine Jackentasche und förderte eine Plastiktüte zutage, in der sich eine blaue Mütze befand. „Gehört die deiner Schwester?" Lino griff nach der Mütze. „Jaa, die gehört meiner Schwester. Wo habt ihr..."
„Also nochmal von vorne. Wie gesagt, deine Mutter hat uns angerufen, weil sie sich Sorgen um deine Schwester gemacht hat. Sie sagte uns, dass sie mit Borvin in den Stundenforst gehen wollte, also haben wir die Suche da begonnen. Aber alles was wir gefunden haben, war diese Mütze. Also sind wir zurück gekommen, um zu sehen, ob Sena zwischenzeitlich vielleicht schon wieder aufgetaucht war. Deine Mutter erlitt einen Nervenzusammenbruch und hat das Wohnzimmer demoliert. Als wir sie ruhig stellen wollten, hat sie einem der Sanitäter die Faust auf die Nase gehauen. Deshalb auch das hier." Er bückte sich und liess das blutige Taschentuch in die Tüte fallen, in der vorher die kleine blaue Mütze gesteckt hatte. „Meine Mam hat einem Sanitäter auf die Nase gehauen?" Ungläubig schüttelte Lino den Kopf. „Und wo ist Borvin?" „Dein Hund ist auch verschwunden Lino." „Was? Aber wie

zum Teufel kann denn das sein?" „Wir wissen es nicht Lino. Hör zu, ich muss jetzt noch ins Spital fahren und schauen, ob ich noch mehr Informationen von deiner Mutter erhalten kann. Die Suche nach Sena werden wir morgen nach Sonnenaufgang wieder aufnehmen. Jetzt ist es zu spät dazu. Willst du mitkommen?" Lino schüttelte den Kopf und liess sich zurück aufs Sofa sinken. „Ich bleibe bei ihm, Detektive", sagte James und stand auf. „Darf ich sie zur Tür begleiten?" Nun stand auch der Detektive auf. „Bitte melde dich, wenn dir noch etwas dazu einfällt oder Sena wieder auftaucht, ok?" Linos Gedanken überschlugen sich. *Sena verschwunden? Aber wieso? Was war da nur passiert? Und wieso ist Borvin nicht wieder aufgetaucht? Wenn ihnen etwas passiert wäre, hätte man sie doch sicherlich bereits gefunden?* Lino konnte nicht mehr. „Nicht auch noch meine Schwester!" rief er verzweifelt und endlich flossen die Tränen über sein Gesicht.

Sechzehn

Tief verborgen in einem dunklen Wald standen zwei Männer mit ihren Waffen. Der eine stand lässig an die seltsame Steinkonstruktion gelehnt, der andere ging nervös auf und ab. „Kannst du dich nicht einmal hinsetzen, Huldsirf? Du machst mich schon ganz kribbelig." „Nein, das kann ich nicht. Ich sagte dir doch bereits, dass ich ein ganz komisches Gefühl habe. Irgendetwas wird gleich passieren." Er blieb stehen und versuchte mit seinen Blicken den dunklen Wald zu durchdringen. „Irgendetwas ist da draussen." „Na klar ist etwas da draussen. Es hat bestimmt Rehe und Kaninchen, vielleicht sogar einen Wolf oder einen Bären, aber du fürchtest dich doch nicht etwa vor einem Bären, oder?", erwiderte der Kleinere der Beiden spöttisch. Beide trugen eine Art Krone auf dem Kopf, die auch als Helm durchgegangen wäre, eine helle lederne Weste über einem nachtblauen Wams, Handschuhe aus dem selben hellen Wildleder, dazu schwarze Lederhosen und schwarze Stiefel, die kaum ein Geräusch auf dem Waldboden machten. Der nervöse Wächter drehte sich um. „Nein natürlich habe ich keine Angst vor Bären, Finolaf. Es sind nicht die Tiere die ich fürchte. Aber..." „So ein Quatsch", unterbrach ihn Finolaf. „Du siehst wieder Gespenster, wo gar keine sind." Resigniert fing Huldsirf wieder an, vor der Steinkonstruktion auf und ab zu gehen.

Plötzlich blieb er wie vom Blitz getroffen stehen. „Was war das?", flüsterte er. Nun richtete sich auch Finolaf auf, ohne jedoch irgendetwas Verdächtiges gehört oder gesehen zu haben. „Da ist nichts. Bestimmt hast du..." Nun hörte auch er es. Irgendwo knackte ein Ast. Es musste noch sehr weit weg sein, aber trotzdem konnten es die beiden mit ihren ausgeprägten Sinnen, die nur den Wächtern eigen waren, bereits hören. Und noch etwas anderes fiel ihnen auf. Neben dem unheimlichen Knacken, spürten sie unter ihren Füssen eine schwache Erschütterung, als gehe etwas Schweres und Grosses über den Waldboden.
Gebannt starrten die beiden in die Richtung, aus der die Geräusche kamen. Alarmiert legten sowohl Finolaf als auch Huldsirf ihre Hände an die Waffen. Beide trugen lange dünne Schwerter, die in nachtblauen Scheiden steckten, die mit aufwändigen silbernen Ziselierungen geschmückt waren

Langsam konnten sie die Umrisse eines Reiters ausmachen. Er trug einen Karmesinroten Mantel, dessen Kapuze er sich tief ins Gesicht gezogen hatte, sodass sein Gesicht nicht zu erkennen war. Er sass auf einem riesigen schwarzen Pferd, in dessen Mähne und Schweif rote, orange und gelbe Bänder geflochten waren. Erschrocken riss Finolaf die Augen auf. „Oh nein, es ist ein Tendo", flüster-

te er leise. Er schlug die Hände vors Gesicht und schüttelte den Kopf.
„Da kommen noch mehr", flüsterte Huldsirf. Er warf ihm einen vorwurfsvollen Blick zu. „Siehst du, ich hab dir doch gesagt, dass etwas passieren wird." Der Reiter war mittlerweile näher gekommen. In einigem Abstand folgten ihm zwei weitere Reiter, die auf die gleiche Weise gekleidet waren. Allesamt hatten sie edle Gesichtszüge, die aber gleichzeitig grausam und kalt wirkten.

„Lasst uns passieren!", sagte der erste Ritter mit dröhnender Stimme. Er hob seinen Kopf und schaute Finolaf fest in die Augen. „Wohin des Weges mein edler Herr?", fragte Finolaf spöttisch. „Wir wollen zurück. Ich habe eine dringende Lieferung für den Grosskönig." Huldsirf sog scharf die Luft ein. „Und was ist das?", Finolaf deutete auf etwas hinter dem Reiter. Er drehte sich um und schaute über die Schulter auf den sich windenden grossen Leinensack, der hinter ihm am Sattel befestigt war. Irgendetwas quiekte darin und versuchte sich offensichtlich zu befreien. „Ich sagte doch bereits, dass es für Malizio ist. Und jetzt lasst uns passieren!" Finolaf verschränkte die Arme vor der Brust, stellte sich breitbeinig hin und sagte: „Und wenn nicht?" „Was fällt dir ein? Du sprichst hier mit einem Tendo, du hast gefälligst zu tun, was er dir sagt." Einer der anderen Reiter war nun hervor getreten und blickte die beiden böse an. Huldsirf zuckte zusammen. „Du meine Güte Finolaf, das ist Desper, der Anführer der Tendo." Finolaf zuckte fast unmerklich zusammen, hatte sich aber erstaunlich schnell wieder in seiner Gewalt. Er machte einen Schritt auf Desper zu. „Was fällt denn *dir* eigentlich ein? Ich bin ein Wächter und ich muss gar niemanden passieren lassen, wenn ich das nicht will." Desper stieg vom Pferd und richtete seine Waffe auf den Wächter. „Willst du dich etwa dem Willen des Grosskönigs widersetzen?", sagte er drohend. Finolaf warf Huldsirf einen fragenden Blick zu, doch dieser hob nur die Schultern. Für kurze Zeit schien Finolaf unsicher zu sein, ob er Desper und seine Reiter passieren lassen sollte. Doch dann blickte er ihm fest in die Augen und sagte: „Malizio ist nicht *mein* König." Und damit zog auch er seine Waffe.

Siebzehn

Jemand rüttelte unsanft an seiner Schulter. Lino öffnete langsam die Augen und hatte Mühe, sich zu orientieren. Wieder rüttelte jemand an seiner Schulter. „Verdammt was ist denn?", blaffte er. James stand vor ihm mit einem Sack Brötchen und schaute ihn unschuldig an. "Frühstück!", sagte er grinsend und flüsterte dann: „Ich hab dir jemanden mitgebracht." Er trat einen Schritt zur Seite und hinter ihm stand Lynn. Sie winkte ihm fröhlich zu. Lino nickte nur in ihre Richtung und rieb sich die Augen um ein bisschen Zeit zu gewinnen. Er hatte jetzt weder Lust auf Frühstück, noch wollte er mit irgendjemandem über die vergangene Nacht reden. Bei dem Gedanken an seine Schwester spürte er einen heftigen Stich im Magen und ihm wurde übel. „Hmm, ich mach dir erst Mal einen Tee", sagte Lynn und verschwand in Richtung Küche. James schaute ihn mitleidig an und dieser Blick war fast mehr, als Lino ertragen konnte. Um sich abzulenken riss er James die Brötchentüte übertrieben aus den Händen, packte eines der Brötchen, sagte: „Hunger!" und bis herzhaft hinein. Es schmeckte nach... gar nichts. James grinste ihn an und setzte sich neben ihn auf die Couch. „Bist du OK?" Lino zuckte mit den Schultern, nickte dann aber und brabbelte mit vollem Mund: „Naja, denke schon... irgendwie." James nickte ihm aufmunternd zu. "Jetzt frühstücken wir erst Mal und danach gehen wir sie suchen. Vielleicht hat sie sich ja nur verlaufen, der Stundenforst ist soo unglaublich gross. Oder würdest du von dir behaupten, dass du schon jeden Zentimeter dieses Waldes gesehen hast?" Lino schauderte. Der Wald war wunderschön, aber auch tief und es gab viele verschlungene Pfade auf denen man sich verlaufen konnte. „Naja, aber Borvin war doch bei ihr. Er müsste doch den Rückweg bestimmt finden." „Hmmm...", machte James. In der Küche fiel etwas mit einem lauten Knall zu Boden und James lief rasch in die Küche. Lino humpelte hinterher. Zwei Teller lagen in Scherben auf dem Boden und Lynn stand weinend am Kühlschrank. Lino ging zu ihr ihn und nahm sie in die Arme. „Was hast du denn?" „Tut mir leid wegen den Tellern. Ich finde das was dir passiert ist, einfach nur so... ungerecht", schniefte sie. „Und dann verschwindet auch noch der Hund!", wütend stampfte sie mit dem Fuss auf. Lino und James sahen sie verwundert an. „Sie putzte sich mit dem Ärmel ihres Pullovers die Nase und sagte erklärend: „Naja, erst verschwindet dein Vater und dann auch noch deine Schwester. Und als wäre das nicht genug, ist sogar der Hund verschwunden. Du tust mir nur so unendlich leid. Dein Leben muss echt scheisse sein." Lino trat zwei Schritte zurück. „Ja. Ääh... hmm. Danke, dass du es so auf den Punkt bringst. Das macht es gleich viel leichter", sagte er verärgert. „Naja, den Hund mochte ich eh nicht", murmelte Lynn. Bevor

Lino sie fragen konnte, woher sie plötzlich wusste, dass sein Vater verschwunden war, fiel ihm James ins Wort. „Sag Mal, aber sonst geht es dir noch gut, oder was? Ich hab dich geholt, damit du für Lino da sein kannst und nicht, damit du ihn noch mehr runter ziehst du blöde Schlampe", rief James wütend. Er ballte die Hände zu Fäusten und machte einen Schritt auf sie zu. „Verschwinde aus diesem Haus, bevor ich mich vergesse!" Lynn funkelte ihn böse an, warf Lino einen mitleidigen Blick zu und warf dann arrogant ihr Haar in die Luft und ging mit schnellen Schritten hinaus. Mit einem lauten Knall, warf sie die Tür hinter sich zu. James schaute ihr verärgert nach. „Was meint die eigentlich..." „James, lass es!" Verwundert drehte er sich zu Lino um. „Was?" „Du hättest sie ja nicht gleich so anpampen müssen, sie hat es bestimmt nicht böse gemeint." James schaute in die Richtung in der Lynn gerade davon gestürmt war. „Da bin ich mir gar nicht so sicher...", sagte er leise und so, dass es Lino nicht hören konnte. Er wollte sich gerade zu Lino an den Küchentisch setzen als dieser sagte: „Du hör mal, ich bin irgendwie noch ganz schön müde und sollte auch Mal duschen, können wir uns nicht später wieder treffen?" „Aber ich dachte, du willst Sena suchen gehen?" „Wie soll ich denn das bitte schön machen mit meinem kaputten Fuss?", motzte Lino wütend. „Gut, wie du willst. Selber schuld. Es ist ja deine Familie. Ich bin bloss dein bester Freund aber ich hab ja deine dunkelhaarige Schönheit beleidigt, also bin ich für dich gleich unten durch. Dabei will ich dir eigentlich nur helfen. Du weisst genau, dass Sena wie eine Schwester für mich ist." Lino drehte den Kopf weg und schaute desinteressiert aus dem Fenster. „Ok ok, ich hab's verstanden, ich bin weg", sagte James und auch er knalle die Tür laut hinter sich zu. Lino riss die Tüte und auch die Brötchen in tausend Stücke und warf alles wild um sich. Er atmete tief durch, schniefte laut und humpelte danach in Richtung Badezimmer.

Achtzehn

Lino wusste nicht mehr, wie lange er unter der Dusche gestanden und ins Leere gestarrt hatte. Jedenfalls wurde das Wasser immer wie kälter, bis schliesslich gar kein warmes Wasser mehr kam, aber Lino blieb trotzdem noch so lange darunter, bis er ganz blaue Lippen hatte und sich fast nicht mehr bewegen konnte. Wenigstens tat sein Fuss jetzt nicht mehr weh. Ohne viel nachzudenken, stellte seine Hand das Wasser ab und zog den Duschvorhang zurück. Mit lethargisch wirkenden Bewegungen trocknete er sich schliesslich ab und zog umständlich seine Shorts an, als er plötzlich unten die Haustür hörte. *Verdammt, ich sollte mir echt angewöhnen, sie abzuschliessen.* Langsam und so leise es ging schlich er mit seinem verletzten Fuss den Flur entlang. Oben an der Treppe blieb er stehen und lauschte. Er stiess einen lauten Fluch aus, als auf einmal eine Frau vor ihm stand. „Du meine Güte Grossmutter, du hättest mich fast zu Tode erschreckt!" „Tagchen mein Grosser. Ich freue mich auch, dich zu sehen." Ihr freundliches Lächeln verschwand und machte einem besorgten Ausdruck Platz. „Ist es sehr schlimm?" Lino war inzwischen die Treppe runtergekommen und nahm seine Grossmutter liebevoll in den Arm. Ihr Kopf reichte ihm gerade mal bis zur Brust. „Ich bin froh, dass du da bist Grossmutter." „Aber Schätzchen, ich bin doch immer da." Sie schaute ihn mit ihren hellgrünen Augen liebevoll an. Nicht zum ersten Mal dachte Lino, dass seine Grossmutter früher einmal eine sehr schöne Frau gewesen sein musste. „Komm, wir setzen uns in die Küche und reden ein bisschen." Lino folgte seiner Grossmutter, die ihn wie einen kleinen Jungen an der Hand hinter sich herzog. Er setzte sich an den Küchentisch und nachdem sie die Überreste von Linos Wutanfall beseitigt hatte, setzte sie Wasser auf.

Der Morgen verging wie im Flug. Erst redeten sie ein wenig über das Verschwinden von Sena und auch Linos Grossmutter war mehr als nur beunruhigt, dass auch von Borvin bisher keine Spur aufgetaucht war. Schliesslich aber lenkte sie ihn ab und erzählte ihm Geschichten von früher, wie sie seinen Grossvater kennen gelernt hatte, der schon früh verstorben war und Geschichten als sein Vater noch ein Kind gewesen war. „Ach Grossmutter", sagte Lino seufzend. „Wie machst du das nur? Erst verschwindet dein Sohn und dann auch noch deine Enkelin und trotzdem scheinst du nie deinen Optimismus zu verlieren." Seine Grossmutter seufzte, schaute ihm tief in die Augen und nickte dann. „Es steckt sehr viel von meiner Stärke, die du fälschlicherweise mit Optimismus verwechselst, in dir mein Grosser. Ich denke es ist nun an der Zeit, dass ich dir etwas über unsere Familie erzähle." Sie rückte auf ihrem Stuhl zurecht, nahm einen grossen Schluck Kaffee und erzählte dann: „Dein Grossvater..." Doch weiter kam sie nicht. Die Haustür wurde abermals geöffnet und Lynn kam herein. Erst schien sie wütend, doch als sie Linos Grossmutter erblickte, setzte sie ihr schönstes Lächeln auf. „Oh, du hast Besuch. Ich wollte nicht stören ich wollte nur noch mal mit dir reden." „Lino", sagte seine Grossmutter. „Willst du mir diese hübsche Junge Dame nicht vorstellen?" „Grossmutter – Lynn. Lynn – Grossmutter", sagte er unmotiviert. Die alte Frau stand auf und reichte Lynn die Hand. „Freut mich Lynn. Ich bin Emma." „Freut mich sehr Emma. Ich bin Lynn Ridden. Wir sind gerade in das kleine blaue Haus in der Obergasse gezogen." Emma setzte sich wieder und wies Lynn an, sich ebenfalls auf einen der freien Stühle zu setzen. „Oh ja, wirklich ein schönes Haus habt ihr da." Lynn lächelte sie freundlich an. Auf einmal herrschte eine unangenehme Stille. Emma stand auf. „Ich mache Euch Mal etwas zu essen. Setzt euch doch solange ins Wohnzimmer. Es dauert bestimmt nicht lange." Lynn stand auf und streckte Lino ihre Hand entgegen. Kommst du mir?", fragte sie ihn und lächelte ihn aufmunternd an. Lino erhob sich schwerfällig und gemeinsam gingen sie ins Wohnzimmer. Als beide sich gesetzt hatten sagte Lino: „Hör zu, das mit James vorhin... er hat..." „Schon gut", unterbrach Lynn ihn rasch und rückte ein bisschen näher. Er konnte ihren Duft riechen und auf einmal war er sehr froh, dass sie noch mal zurück gekommen war. „Ist doch schon vergessen. Ich war ja vielleicht wirklich etwas... hmm... unsensibel. Jedenfalls wollte meine Mutter wissen, ob du nicht vielleicht ein paar Tage zu uns kommen möchtest. Jedenfalls bis deine... Mutter wieder zurück ist. Wie geht es ihr eigentlich?" Lino war das kurze Stocken in ihren Worten aufgefallen, sagte aber nichts. „Sie hat einen schweren Nervenzusammenbruch erlitten, aber sie ist bereits auf dem Weg der Besserung. Sie braucht einfach ein bisschen Ruhe, das ist alles", sagte Emma. Sie stellte einen grossen Teller mit belegten Brötchen vor ihnen auf den Tisch, ging mit kleinen trippelnden Schritten zurück in die Küche und kam mit zwei Gläsern und einem grossen Krug Eistee zurück. Der Krug war so schwer, dass ihre Hand zitterte, als sie ihn abstellte. „So, bitte greift zu. Vor allem du mein Grosser, du wirst die Energie noch brauchen. Ich muss jetzt leider gehen, ich muss noch zu Alda in den Laden. Bitte ruf mich an, wenn etwas ist, ja?" Sie drückte ihm einen feuchten Kuss auf die Wange, warf Lynn einen undefinierbaren aber nicht unfreundlichen Blick zu und verliess schliesslich das Haus. Lynn beugte sich über den Teller mit den belegten Brötchen. „Na, dann wollen wir mal. Obwohl, gerade schön sehen die ja nicht aus. Deine Grossmutter hätte sich echt ein bisschen mehr Mühe geben können." Lino schaute zuerst die Brötchen, und danach Lynn an. „Hm jaa, sieht aus als hätte sie es ganz schön eilig gehabt, von hier weg zu kommen. Komisch." „Ja ganz schön komisch...", sagte Lynn nachdenklich. „Aber bitte sprich nicht so über meine Grossmutter, sie ist eine der wichtigsten Menschen in meinem Leben." Gerade wollte sich erneut so etwas wie Wut in ihm breit machen, da blickte ihn Lynn mit ihren dunkelbraunen Augen treuherzig an und Lino vergass alles, was er hatte sagen wollen. Er fühlte sich wie... verhext. Er wandte den Blick ab und schüttelte den Kopf. *Klar, jetzt habe ich mich auch noch in eine Hexe verliebt. Passt ja zum Rest.* Plötzlich wurde ihm bewusst, wie viel Lynn ihm bedeutete. Er zog sie zärtlich an sich und sie küsste ihn fordernd. Für kurze Zeit konnte Lino das Verschwinden seiner Schwester vergessen und sich ganz seinen verwirrenden Gefühlen für Lynn hingeben.

Neunzehn

Langsam löste sich Lino aus der engen Umarmung. Seine Haut klebte an der von Lynn aber plötzlich war es kein schönes Gefühl mehr. Er fühlte sich plötzlich irgendwie beschmutzt. *Bin ich denn jetzt völlig übergeschnappt? Vor zwei Sekunden war doch noch alles in Ordnung.* Mühsam erhob er sich und sammelte seine Kleider vom Boden auf. „Wo gehst du hin?", fragte Lynn scharf. Er schaute sie verwundert an. „Keine Angst, ich mache mich nicht einfach aus dem Staub. Ich wollte nur schnell zur Toilette." Er stockte kurz. „Ausserdem ist das hier sowieso mein Haus und letztes Mal bist du einfach verschwunden." Er drehte sich um und ging langsam die Treppe hinauf. Er dachte an die mahnenden Worte von Mitch und wieder machte sich ein schelmisches Grinsen auf seinen Lippen breit. Er ging ins Bad um sich zu erleichtern, wusch sich Gesicht und Hände und sprang dann sogar kurz unter die Dusche. Das Wasser war immer noch eiskalt, aber danach fühlte er sich gleich viel besser. Er zog sich wieder an und ging aus dem Badezimmer. Aus den Augenwinkeln sah er eine Bewegung neben sich. Alarmiert drehte er sich um, aber da stand nur Lynn. Sie hatte sich die grosse Kuscheldecke von der Couch übergeworfen und stand... in Senas Zimmer. „Was machst du denn da?" Lynn drehte sich zu ihm um. „Ach, ich wollte eigentlich in dein Zimmer gehen, aber da hab' ich wohl die Tür verwechselt." Lino ging zu ihr hin und schaute sich in dem quadratischen Zimmer um. Die Wände waren voll mit Postern von Hundebabys, sonstigen Tierbildern und auch diversen Postern eines dunkelhaarigen Fussballspielers. „Wer ist das?", fragte Lynn und deutete auf eines der Poster. Lino musste plötzlich schmunzeln. „Oh das, das ist Luìs Figo. Er hat einmal bei Portugal gespielt, aber der ist schon lange zu alt um zu spielen." „Portugal hmm. Naja, jedem das Seine", sagte Lynn und trat aus dem Zimmer. Lino folgte ihr und schloss mit einem Seufzen die Tür hinter sich. „Wenn doch nur diese dumme Verletzung nicht wäre. Dann könnte ich sie suchen gehen. Ich würde sie bestimmt finden." „Wie meinst du das, du würdest sie bestimmt finden?" Lino überlegte einen kurzen Moment, ob er ihr von der mysteriösen Verbindung zu seinem Hund erzählen sollte, entschied sich dann aber dagegen. „Keine Ahnung.", sagte er resignierend. „Lust auf eine DVD?" „Klar, mit dir immer."

Gemeinsam schauten sie sich mehrere Filme an, doch Lino war nicht recht bei der Sache. Er hätte später nicht sagen können, von was die Filme gehandelt hatten. Er dachte die ganze Zeit an seine Schwester, was wohl passiert war und wie er sie finden könnte. Kurz hatte er die Idee, zu versuchen mit Borvin Kontakt aufzunehmen. Er tat es jedoch nicht. Ein kleiner Teil von ihm schien irgendwie Angst davor zu haben, dass es tatsächlich funktionieren könnte. Später gingen er und Lynn nach draussen. Es war kalt geworden und die Verzweiflung über Senas Verschwinden verstärkte sich noch. *Hoffentlich geht es ihr gut. Bei dieser Kälte könnte sie erfrieren. Aber wenn Borvin noch bei ihr ist, wird er sie sicher wärmen. Pass auf sie auf Borvin.* Nichts passierte. „Wollen wir?", fragte Lynn neben ihm. Für einen kurzen Moment hatte er ganz vergessen, wo er war. Ein eisiger Windhauch streife ihn und zerzauste Lynns Haare. Auch Lynn schien über etwas nachzudenken. Schliesslich zog sie in mit sich und gemeinsam gingen sie so schnell es Linos Fuss zuliess zu ihr nach Hause.

Zwanzig

Lynns Mutter begrüsste sie freundlich. „Schön dass du gekommen bist Lino. Bitte sag mir, wenn du etwas brauchst." „Eine Flasche Whiskey und eine Packung Tabletten kann ich dir gratis anbieten", rief Mitch aus der Küche. „Sei still, Mitch!", sagte Mrs. Ridden streng. Sie wandte sich wieder an Lino. „Ich hoffe du hast Hunger. Es gibt Nachos." Lynn zog ihn mit sich in die Küche. Der Tisch war bereits gedeckt und Mitch sass am oberen Ende. Der Tisch war für vier Personen gedeckt. „Oh, ich will ihnen keine Umstände machen Mrs. Ridden. Ich bin eigentlich gar nicht so hungrig." „Dad ist nicht da Lino", sagte Lynn neben ihm. „Mutter hat den Tisch für uns gedeckt." „Oh", sagte Lino. „Vielen Dank Mrs. Ridden. Wo ist er denn?" „Wer?", fragte Mrs. Ridden überrascht. Verwundert sagte Lino: „Na, ihr Mann. Wo ist er?" „Geschäftsreise. Ganz weit weg", sagte Mitch. Er warf seiner Mutter einen mahnenden Blick zu „Können wir jetzt endlich essen?" Lino setzte sich an den Tisch. *Was ist denn hier los? Spinnen den jetzt alle, oder liegt es vielleicht an mir? Was soll ich nur tun? Was kann ich überhaupt tun?* Um sich von seinen traurigen Gedanken abzulenken, nahm Lino einen der mit köstlichem Käse überbackenen Maischips und biss hinein. Es schmeckte toll. Er schaufelte immer mehr in sich hinein. Auch Mitch ass Unmengen von dem Zeug. Schliesslich spülte er das ganze mit einem riesigen Schluck Cola hinunter und rülpste laut. „Also Mitch", sagte Mrs. Ridden pikiert. „Deine Tischmanieren lassen sehr zu wünschen übrig. Lino, möchtest du noch Nachschub?" Lino strich sich mit der Hand über seinen Bauch. "Nein danke ich bin satt. Ausserdem muss ich ein bisschen auf meine Ernährung achten. Ich kann jetzt nicht mehr einfach so weiter futtern wie vorher. Ohne Training werde ich schnell fett ansetzen." „Oh ja, möchtest du mich und Lynn am Samstag zum Spiel begleiten?" An Mitch gewandt sagte sie: „Schade, dass dein Vater nicht dabei sein kann." Mitch schüttelte nur den Kopf und stopfte sich weitere Maischips in den Mund. Seine Tischmanieren waren wirklich erbärmlich. Wie im Mittelalter. Lino wandte sich an Mrs. Ridden. „Oh ehm ich würde sie ja gerne zum Spiel begleiten aber ich werde bei meinem Team auf der Bank sitzen." „Wozu? Du spielst ja sowieso nicht...", sagte Mitch abfällig. „Hey hör mal, kein Plan was ich dir getan habe aber langsam reicht's. So sicher wie du dich fühlst, bist du noch nicht im Team. Wenn ich erst wieder zurück bin, werde ich dir schon zeigen, wo der Hammer hängt." Lino hatte genug. Er sah nicht ein, wo Mitchs Problem lag und er hatte mittlerweile echt keine Nerven mehr, sich von diesem Klotzkopf andauernd beleidigen zu lassen. Er stand auf. „Vielen Dank für das tolle Essen Mrs. Ridden, aber ich glaube ich gehe jetzt lieber." „Du gehst nirgendwo hin, mein Lieber", sagte Mrs.

Ridden bestimmt. „Wie bitte?" „Ich meine, du bleibst hier bei uns. Du kannst sogar in Lynns Zimmer schlafen". Sie zwinkerte ihm zu. *Gott, wie peinlich.* „Lynn stand auf und gemeinsam gingen sie nach oben. Lino war plötzlich hundemüde. Sie legten sich aufs Bett und kuschelten sich aneinander. Lynn schlief sehr schnell ein, aber Lino fand trotz seiner plötzlichen Müdigkeit einfach keine Ruhe.

Irgendwann stand er auf und ging zum Fenster. Von hier aus hatte er eine tolle Aussicht über Bridgewood. Fast nicht zu erkennen in der Dunkelheit zog sich ein Strom aus flüssigem Schwarz durch die Nacht. Hinter dem Fluss lag der Stundenforst. *Wieso heisst der eigentlich Stundenforst? Irgendwie ein komischer Name für einen Wald.* Er liess seinen Blick über den dunklen Wald schweifen und seufzte. *Ich weiss, dass du irgendwo dort bist Schwesterherz. Und ich werde dich finden, auch wenn ich dafür bis ans Ende der Welt gehen muss.* Er seufzte erneut und wandte sich Lynn zu, da bemerkte er aus dem Augenwinkel ein Flackern. Schnell drehte er sich wieder dem Wald zu. Er kniff die Augen zusammen und starrte hinaus auf die dunkle Fläche. Ganz schwach nur, konnte er ein gelbes flackerndes Licht erkennen. *Du meine Güte! Ob das Sena ist? Hat sie sich wirklich verlaufen? Aber sitzt sie tatsächlich an einem Lagerfeuer? Ich muss sofort den Detektive anrufen.* Vor Aufregung vergass Lino den

Schmerz in seinem Fuss. Er rannte aus dem Zimmer und wäre an der Treppe beinahe mit Mitch zusammengestossen. „Was tust du hier?", fragte er ihn. „Dasselbe wollte ich dich gerade fragen. Solltest du nicht eigentlich da drin sein und den Ruf meiner Schwester weiter schädigen?" Lino ignorierte die bissigen Worte. „Keine Zeit für Zärtlichkeiten Ridden, ich hab gerade ein Lagerfeuer oder so was Ähnliches gesehen. Ich muss sofort die Polizei informieren. Vielleicht ist das Sena." Und damit stürmte er davon.
Mitch drehte sich zu seiner Schwester um, die in der Tür stand. „Wir haben ein Problem", sagte er.

„Was soll das heissen, sie haben nichts gefunden?" „Hör zu Lino, es tut mir wirklich leid, aber wir haben weder deine Schwester noch deinen Hund gefunden. Und auch keine Spuren eines Lagerfeuers. Ehrlich gesagt haben wir überhaupt nichts gefunden. Fast so, als wären alle Tiere vor irgendetwas geflüchtet." Detektive Proobe schien nachdenklich. „Na, die sind bestimmt vor Borvin geflüchtet. Ich weiss, dass sie irgendwo in dem Wald sind." Lino konnte einfach nicht verstehen, dass Sena immer noch nicht aufgetaucht war.
Resigniert verabschiedete er sich von dem Polizisten und verliess dessen Büro. Draussen wartete schon seine Grossmutter. Sie hatte Tränen in den Augen. „Tut mir leid Grossmut-

ter, dass ich dir unnötig Hoffnungen gemacht habe. Das wollte ich nicht." Sie wischte sich die Tränen aus den Augen und straffte die Schultern. „Das macht nichts mein Grosser. Komm, jetzt gehen wir erst einmal nach Hause." Linos Grossmutter hatte beschlossen, dass Lino besser wieder zu Hause übernachten sollte. Damit er nicht allein war, hatte sie ihr Köfferchen gepackt und es sich im Gästezimmer bequem gemacht. Der Tag wollte einfach nicht vorbei gehen. Lino konnte es gar nicht abwarten bis es dunkel wurde. Vielleicht würde er das Licht noch einmal sehen und dann würden sie Sena bestimmt finden. „Grossmutter? Du wolltest mir doch gestern noch etwas von Grossvater erzählen." „Ja das wollte ich. Set dich besser mal hin, denn es ist ganz schön heftig und ich weiss selber nicht, was ich darüber denken soll." Und so setzte sich Lino hin.

Einundzwanzig

Alles verschwamm vor seinen Augen. Der Schmerz in seiner Seite raubte ihm auch noch das letzte Fünkchen Verstand. Trotzdem schaffte er es irgendwie, einen Fuss vor den Anderen zu setzen. Er wusste nicht, wie lange er schon durch den Wald ging und er wusste auch nicht, ob er auf dem Richtigen Weg war. Aber er hatte keine Zeit darüber nachzudenken. Er musste einfach immer weiter gehen. Sonst wäre alles verloren. Das Schicksal der Welt lag nun, für einen kurzen Moment, allein in seinen Händen. Nur dank diesem Gedanken war er noch am Leben. Nur dank diesem Gedanken hatte sein Geist noch genug Kraft, ihn Schritt für Schritt näher an sein Ziel zu bringen. Doch sein Körper war schwach. Vom Kampf und der unendlich scheinenden Reise gezeichnet und geschwächt, versagten ihm plötzlich seine Beine den Dienst und er fiel beinahe lautlos auf den weichen Waldboden. Eine barmherzige, dumpfe Dunkelheit übermannte seinen Geist und drohte, ihn mit sich fortzunehmen. Nur mit Mühe, gelang es dem Schwerverletzten sich aufzusetzen. Verzweifelt schaute er sich um und versuchte sich zu orientieren. Er wusste nicht mehr, aus welcher Richtung er gekommen war. Jeder Baum, jeder Strauch und jede Astgabel sah auf einmal gleich aus. Abgesehen vom sanften Rauschen des herbstlichen Windes der durch die Bäume strich, war absolut nichts zu hören. Um ihn herum herrschte eine unnatürliche Stille. Das konnte nur eines bedeuten: seine Verfolger waren ganz in der Nähe. Prüfend hob er seinen Kopf in den Wind. Der Wind frischte auf und liess den geschwächten Mann erzittern. Nicht mehr lange, und der Winter würde über das Land fallen. Da stieg dem Mann auf einmal ein kaum wahrnehmbarer Geruch in die Nase. *Schweiss*, dachte er. *Pferdeschweiss*. Er schloss die Augen und versuchte sich auf seine verbleibenden Sinne zu konzentrieren. Seine Augen hätten ihm im trüben Dämmerlicht des Waldes sowieso nichts genützt. Er konnte besser hören, sehen und riechen als die meisten Menschen. Doch jetzt blutete er aus einer grossen Wunde an seiner Seite und diversen kleineren Verletzungen an Armen, Kopf und Beinen. *So muss sich wohl ein normaler Mensch fühlen. Müde, erschöpft, ängstlich, hilflos und schwach*. Kaum wahrnehmbar hörte er das Knacken eines Astes. Rasch sprang er auf die Füsse. Kurz wurde ihm schwarz vor Augen und er drohte erneut, in die verlockende Umarmung der Ohnmacht zu fallen. Er atmete ein paar Mal tief durch, als er erneut das Knacken eines Zweiges hörte. Panisch und so schnell er konnte, lief er in den zwielichtigen Wald.

Zweiundzwanzig

Linos Grossmutter nahm seine Hand ihn ihre und drückte sie aufmunternd. „Es gibt da etwas, das du über deinen Grossvater nicht weisst" „Da gibt es eine ganze Menge, schliesslich war er schon Tod, als ich geboren wurde." Sie zog ihre Hand zurück und schaute ihn traurig an. „Was ich dir nun erzähle, wird dir sicherlich nicht gefallen. Bitte hör mir einfach zu und unterbrich mich nicht. Du kannst mich später alles fragen." Lino lehnte sich zurück und Emma fing an zu erzählen: „Wie du ja weisst, hat dein Vater das Bildhauergeschäft damals von deinem Grossvater übernommen, als er gestorben ist. Nun, er ist damals nicht gestorben." Lino riss die Augen auf. Seine Grossmutter winkte ab und erzählte weiter. „Er ist damals, genau wie dein Vater einfach verschwunden. Alle haben herumerzählt, er habe eine Andere gehabt und wollte sein Leben mit ihr verbringen, aber ich habe nie so ganz daran geglaubt. Weisst du, er hatte einfach alles zurückgelassen, hatte nicht einmal den Laden abgeschlossen. Und ist dann einfach so gegangen?" Emma schüttelte de Kopf. „Jedenfalls hat dein Vater danach den Laden übernommen. Als er den Umbau des Ausstellungsraumes in Angriff nahm, stiess er auf alte Aufzeichnungen von deinem Grossvater. Er hat irgendetwas erwähnt von einem alten Tor oder Portal oder irgend so was. Ich habe es damals nicht ernst genommen und als Humbug abgetan. Dein Grossvater hatte schon immer viel zu viel Phantasie und wollte Schatzräuber spielen. Aber dein Vater hat tagelang über den Aufzeichnungen gebrütet. Er wurde immer stiller und hat seine Arbeit vernachlässigt. Eines Tages ist er aufgebrochen. Er sagte, er wolle im Stundenwald einem Hinweis nachgehen. Erst nach einer Woche kam er wieder. Er war sehr aufgewühlt und nachdenklich. Danach hat er allerdings aufgehört, den Aufzeichnungen deines Grossvaters nachzugehen. Viele Jahre lang hat er es nicht mehr erwähnt, aber kurz bevor er verschwand, hat er mich plötzlich wieder gefragt, ob ich mich noch daran erinnern würde. Er hätte einen neuen Hinweis entdeckt, dem er baldmöglichst nachgehen wollte. Tja und drei Wochen später ist auch er verschwunden." Lino konnte seine Gedanken kaum in Worte fassen. „Und Grossvater ist nie mehr aufgetaucht?" „Nie wieder. Ich weiss ja nicht einmal, ob er überhaupt noch lebt. Und bei deinem Vater ist es das Gleiche." Tränen schimmerten in ihren Augen und auch Lino konnte sich nur mit grösster Mühe zusammenreissen. „Weiss Mama das?" „Ja, sie weiss es. Wir haben schon damals beschlossen dass es besser ist, wenn wir es euch Kindern nicht sagen. Wir konnten ja damals noch nicht ahnen, dass euer Vater auch für immer verschwinden würde. Jedenfalls denke ich, dass alles irgendwie zusammenhängt; auch das mit Sena." Lange Zeit sassen sie schweigend beieinander, jeder hing seinen eigenen trüben Gedanken nach. Auf einmal fiel Lino auf, dass es draussen bereits dunkel geworden war. „Ich gehe dann Mal ins Bett. Gute Nacht Grossmutter. Ach und bitte vergiss nicht, die Haustür zu zu sperren." „Gute Nacht mein Grosser und träum was Schönes."

Dreiundzwanzig

Schnell ging er die Treppe hinauf in sein Zimmer. Von seinem Fenster aus hatte er fast den gleichen Blick über Bridgewood und den Fluss wie von Lynns Zimmer aus. Stundenlang stand er am Fenster und wartete auf das mysteriöse Lagerfeuer. Irgendwann musste er eingeschlafen sein, denn er erwachte mit steifem Nacken, den Kopf auf der Fensterbank. Er rieb sich müde die Augen und gähnte, hätte dabei aber fast seine Zunge verschluckt, als er plötzlich das schwache Leuchten eines Lagerfeuers entdeckte. Er war nicht mehr an derselben Stelle des Waldes, sondern weiter hinten und weiter rechts. Lino versuchte mit seinem Handy ein Foto davon zu machen, aber das schwache Licht des Lagerfeuers war auf dem Bild nicht zu erkennen. Er überlegte kurz, ob er noch mal die Polizei anrufen sollte, entschied sich dann aber dagegen. Letztes Mal hatte es auch nichts gebracht. *Die Polizei findet Sena bestimmt nicht.* Er starrte das schwache Leuchten noch einige Zeit an. Der Gedanke daran, dass es Sena sein könnte beruhigte ihn irgendwie. Schliesslich ging er ins Bett und schlief auch ziemlich rasch ein.

Ein köstlicher Duft nach frischen Brötchen und Kaffee weckte ihn am nächsten Morgen. Irgendjemand hantierte unten in der Küche mit Tellern und Besteck. Lino stand auf und öffnete das Fenster. Ein Schwall kalter Luft schlug ihm ins Gesicht, es war schon wieder kälter geworden. Fast ohne sein Zutun suchten seine Augen den Wald ab, jedoch ohne etwas zu entdecken. Also ging er ins Badezimmer und verrichtete seine Morgentoilette. Er vermied es tunlichst, die geschlossene Tür von Senas Zimmer auch nur anzusehen. Er humpelte die Treppe hinunter und ging in die Küche. Emma deckte gerade den Tisch. „Morgen mein Grosser. Hast du gut geschlafen?" Lino nickte und erzählte seiner Grossmutter anschliessend von dem geheimnisvollen Lichtschein im Wald. Emma hörte ihm aufmerksam zu und nickte zustimmend. „Das ist bestimmt Sena", sagte sie hoffnungsvoll. "Sie ist ein tapferes Mädchen und lässt sich nicht so leicht unterkriegen." „Das hat sie bestimmt von dir Grossmutter." Emma lächelte und strich im liebevoll über die Backe. „Nun komm, du musst Essen, schliesslich ist heute das grosse Spiel." „Oh ja, genau. Aber Grossmutter ich muss mich nicht stärken, ich spiele doch gar nicht", sagte Lino schmunzelnd und setzte sich an den Tisch. „Na trotzdem kannst du doch mein kaiserliches Frühstück nicht ablehnen, oder?" Gemeinsam frühstückten sie in aller Ruhe und Lino fühlte sich zum ersten Mal, seit dem Verschwinden seiner Schwester, nicht hundeelend.

Schon bald kam James vorbei um ihn für die Spielvorbereitung abzuholen. Diesmal hatte er sein Motorrad dabei. „Aber fahr vorsichtig. Ich bin schon verletzt", sagte Lino und nahm den Helm, den James ihm entgegenstreckte. Alles an James' Motorrad war Nachtblau, sogar die Griffe am Lenker und auch die Reifen hatte er in der selben Farbe angesprayt. Nur der Tank war aus Aluminium. James liess Lino zuerst aufsteigen. Dabei bemerkte Lino verwundert, dass sein Fuss schon viel weniger schmerzte. Ein Fünkchen Hoffnung keimte in ihm auf. Vielleicht könnte er schon bald losziehen und nach Sena suchen. James stieg nun auch auf und gemeinsam fuhren sie zur Eishalle.

Vierundzwanzig

Schon von Weitem konnten sie die grün-gelben Banner mit dem Logo der Bridgewood Falcons sehen. Vor den noch geschlossenen Türen standen schon viele Leute und jubelten ihnen zu. „Wow, was ist denn hier los? Ich wusste ja, dass wir toll sind aber dass wir so viele Fans haben..." „Es geht das Gerücht um, dass heute ein Talentsucher vorbeikommen soll", sagte James. *Toll, genau dann, wenn ich nicht spielen kann.* James und Lino fuhren um das Gebäude herum und gingen durch den Hintereingang in die Garderobe. Kenny und Lance waren bereits da, Coach Furrer kam kurz nach Ihnen. Bald darauf trafen auch alle Anderen ein, nur von Mitch fehlte jede Spur. Linos Handy klingelte. „Hallo?" „Hi, ich bin's. Hör zu, mein Bruder ist auf dem Weg zu Euch, er ist sofort da." „Sag mal, kann dein Bruder nicht selber anrufen und..." Aber Lynn hatte schon aufgelegt. Lino schüttelte den Kopf und gab die Informationen ans Team weiter. „Ohhh, musst du jetzt schon Babysitter für deinen hübschen Schwager spielen, Fallon?" „Halt die Klappe, Lance. Du weisst genau, dass ich den Typen nicht ausstehen kann. Bloss weil ich was mit seiner Schwester habe heisst das nicht, dass..." In diesem Moment öffnete sich die Tür und Mitch kam herein. „Sorry Coach, ich musste da was erledigen." Er warf Lino einen feindseligen Blick zu. „Dann sieh zu, dass du dich umziehst, in einer Minute will

ich Euch beim Aufwärmen sehen, ist das klar?"
Coach Furrer trat zu Lino. „Soso, hast dir also seine Schwester gekrallt, was?" Lino nickte. „Und wieso genau hast du jetzt Probleme mit Mitch? Ist er eifersüchtig?" „Ach Coach, wenn ich das nur wüsste. Er hält sich einfach irgendwie für etwas Besseres. Die Ganze Familie ist ziemlich arrogant, aber bei Mitch fällt es einem irgendwie mehr auf." „Das liegt wohl daran, dass dir Lynn ein bisschen den Kopf verdreht hat. Aber ich kann's dir nicht verdenken. Ich habe ihre Mutter gesehen..." Er pfiff anerkennend. Lino schmunzelte. „Immer noch der Alte, was Coach?" „Ach wenn wir schon dabei sind: Wie geht's eigentlich deinem Fuss?" „Oh, schon viel besser. Ich muss bald noch mal zu Dr. Brack, dann kann ich bestimmt schon früher... ehh... wieder mit dem Training anfangen." *Oder Sena suchen gehen.* „Oh toll das freut mich. Schade kannst du heute nicht dabei sein. Ich habe Gerüchte gehört, dass ein Talentsucher vorbeikommen will." „Ja, das habe ich auch gehört. Ich hoffe jetzt Mal, dass es wirklich nur Gerüchte sind." „Na Hauptsache, du bist bei den Nachwuchs Playoffs dann wieder dabei. Sonst haben wir echt ein Problem." „Wieso? Ihr braucht mich doch gar nicht mehr. Ihr habt doch jetzt Mitch." „Sei nicht albern Lino. Ich mag ihn übrigens auch nicht, aber er spielt wirklich gut und wenn er jetzt nicht da wäre, hätten wir ein Problem. Ohne dich hat das Team keinen Zu-

sammenhalt und wenn sie dann auch noch schlecht spielen, kannst du gleich alles in die Tonne treten. Dein Platz wird immer frei sein." Lino mochte den Coach sehr. Er war immer für ihn da gewesen und hatte in den letzten Jahren fast ein bisschen eine väterliche Position für ihn eingenommen.

Die Eishalle bebte. James hatte gerade das dritte Tor erzielt, nach nur gerade sieben Minuten Spielzeit. Die gegnerische Mannschaft hatte keine Chance. Offensichtlich machte sich das Training der letzten Tage bezahlt. James und Mitch ergänzten sich hervorragend. Lino fragte sich, ob er nicht doch besser wenigstens zugeschaut hätte. Mitch kassierte gerade eine Strafe wegen übertriebener Härte und Lino und der Coach warfen sich einen vielsagenden Blick zu. Lino setzte sich hin. Er liess seinen Blick über die tobenden Fans auf der einen Seite und die frustrierten Fans auf der anderen Seite der Eishalle wandern. Dabei entdeckte er Lynn und ihre Mutter. Beide winkten ihm zu und schwenkten grün-gelbe Banner. Nicht zum ersten Mal fiel Lino auf, wie ähnlich sich die beiden Frauen waren. Erneut schweiften Linos Gedanken ab. Er dachte an seine Mutter, der strikte Bettruhe verordnet worden war. *Nur noch fünf Tage, dann darf ich sie besuchen.* Er dachte auch an Sena. Sie war immer so gerne zu den Spielen gekommen und hatte gejubelt und geweint, hatte mitgefiebert und den Schiedsrichter verflucht, wenn er in ihren Augen falsch gepfiffen hatte. Dieses Spiel hätte ihr bestimmt gefallen. Lino war verzweifelt. Er hatte Angst um seine Schwester und gleichzeitig vermisste er sie und seinen Hund unglaublich fest. Plötzlich wurden ihm die Lautstärke und die übertriebene Heiterkeit im Stadion zu viel. Er entschuldigte sich beim Coach. James sah ihn gehen und blieb mitten auf dem Spielfeld stehen. Er wurde hart gecheckt, doch Lino ging unbeirrt weiter. Heute würden sie auch ohne ihn gewinnen. Er verliess die Eishalle und unschlüssig, wo er hin sollte, irrte Lino durch das wie ausgestorbene Bridgewood. Offenbar waren alle zum Spiel gegangen. *Gute Gelegenheit für Einbrecher,* dachte er zynisch. Wieder wanderten seine Gedanken zu Sena. *Ob sie sich wirklich nur verlaufen hat oder gar Opfer eines Verbrechens geworden ist?* Lino schüttelte den Gedanken ab und zog die Schultern hoch. Es war erneut kälter geworden und es roch nun eindeutig nach Schnee. Der Winter konnte nicht mehr lange auf sich warten lassen. Lino lief und lief, dachte über Dieses und Jenes nach und stand plötzlich vor dem Laden seines Vaters. Im Innern brannte schwaches Licht und eine junge Frau sass mit dem Rücken zu ihm an einem Tisch und machte irgendetwas mit ihren Händen. *Aha, also das ist Alda. Hmm... Alda. Komischer Name. Ich werde Grossmutter Mal danach fragen müssen.*

Kurz überlegte er, ob er an die Scheibe klopfen sollte, um Alda kennen zu lernen, entschied sich dann aber dagegen. Er hatte jetzt keine Lust auf Smalltalk und den Laden wollte er auch nicht unbedingt betreten. Die Aufzeichnungen die Emma erwähnt hatte, kamen im wieder in den Sinn. Er wollte seine Grossmutter darum bitten, sie sich anschauen zu dürfen. Vielleicht fand er ja darin einen Hinweis auf den Verbleib seiner Schwester. *Vielleicht finde ich ja sogar Vater wieder. Mama würde sich unglaublich über ein Wiedersehen mit ihm freuen. Hoffe ich zumindest.* Die Kälte kroch nun schon seine Zehen hoch und so ging Lino nach Hause.

Lino öffnete die Haustür, s*chon wieder nicht verschlossen,* und ging ins Wohnzimmer. Emma schlief vor dem laufenden Fernseher und schnarchte leise. Sie hatte es abgelehnt, Lino zum Spiel zu begleiten. In der kalten Eishalle fühlte sie sich nie besonders wohl und der Lärm schlug ihr schnell auf die sonst so gute Laune. Lino schaltete den Fernseher aus, holte eine Decke aus dem Gästezimmer und deckte seine Grossmutter zu. Er sah ihr einige Minuten beim Schlafen zu und ging dann in sein Zimmer.

Fünfundzwanzig

Wie auch schon am vorherigen Abend ging Lino wieder zu seinem Platz am Fenster. Es verging eine geraume Weile, bis er das schwache Licht des Lagerfeuers, wie er annahm, entdeckte. Es war erneut weiter nach links und oben gewandert. *Südwesten. Wer auch immer das ist geht also nach Südwesten.* Er versuchte sich daran zu erinnern, was in südwestlicher Richtung im Wald verborgen lag, aber er konnte sich an nichts Bestimmtes erinnern. Er atmete einige Male tief durch und versuchte sich zu konzentrieren. Es ging unendlich lange, doch schliesslich gelang es ihm einigermassen. *Borvin mein Grosser, wenn du mich hören kannst, bitte komm zurück. Und wenn du kannst bring' bitte Sena mit, ich verzweifle hier ohne euch. Und wenn du nicht zurück kommen kannst, dann bleib bei ihr und beschütze sie.* Er hielt einen Moment inne und lauschte, ohne jedoch irgendetwas zu hören oder zu sehen. Noch einmal nahm er all seinen Mut zusammen und konzentrierte sich. *Borvin! Komm zurück!* Er wusste nicht mehr, wie lange er aus dem Fenster gestarrt hatte, aber schliesslich legte er sich mit den Kleidern aufs Bett weil ihm immer noch kalt war, und fast sofort schlief er ein.

Spät in der Nacht wachte er schweissgebadet auf. Er ging zum Fenster und hielt Ausschau nach dem Lagerfeuer, aber der Wald lag still und dunkelgrün vor ihm, ohne den geringsten

Anhalt auf Leben darin. Lino spürte plötzlich wie Panik seinen Nacken hinauf kroch und ihn zu übermannen drohte. *Was, wenn ich das Licht heute das letzte Mal gesehen habe?* Prüfend trat er auf seinen Fuss und bewegte ihn hin und her. *Ja, es würde gehen. Aber nicht mehr heute. Vielleicht morgen.*

Sechsundzwanzig

Etwas polterte und riss Lino aus dem Schlaf. Er richtete sich auf und lauschte angestrengt, konnte aber nichts mehr hören. Schliesslich stand er auf und ging zum Kopf der Treppe. „Grossmutter? Ist alles in Ordnung?", rief er alarmiert. Es dauerte einen Moment bis sie antwortete. „Klar, ehm... mir ist nur etwas runter gefallen" Der zögernde Ton in ihrer Stimme war Lino keineswegs entgangen und so ging er mit langsamen Schritten die Treppe runter.
Seine Grossmutter stand mit dem Rücken zu ihm und starrte auf den Boden. Vor ihr lag eine zerbrochene Vase und in den Trümmern konnte Lino vergilbtes Papier erkennen. Er ging zu ihr und hob das Papier, das wohl Pergament oder so etwas sein musste, vorsichtig auf. Er schaute sie fragend an, doch sie wich seinem Blick aus. Vorsichtig entfaltete er das Pergament. Es raschelte und einige winzige Stücke fielen auf den Boden. Ein Geruch von Moder und Alter stieg ihm in die Nase, doch da war noch etwas anderes, das Lino nicht definieren konnte. Es war süsslich und ein bisschen vergoren. Neugierig schauten er und Emma auf das Pergament. Darauf war eine Zeichnung einer seltsamen Steinkonstruktion zu sehen, die Lino auf unheimliche Weise bekannt vorkam. Aber nicht wie etwas, was er schon einmal gesehen hatte, sondern als hätte eine Ahnung oder ein uraltes Wissen in ihm,

nun endlich das dazugehörige Bild gefunden. Auf die Steinzeichnung waren in einer fremden Sprache sieben Wörter, wie Lino annahm, mit roter Tinte geschrieben worden. Darunter stand in enger verschnörkelter Schrift ein sechszeiliges Gedicht:

*Durch Grüne Schatten musst du gehen,
bis die Grenze von Neu und Alt du kannst sehen.
Sieben Wörter in würd'ger Art gesprochen,
und so sei der Bann der Grenze durchbrochen.
Still nun und sei auf der Hut,
das Geheimnis liegt in Stein und Blut.*

Verwundert schaute er seine Grossmutter direkt an. „Was hat das zu bedeuten?", flüsterte er. „Das sind die Aufzeichnungen deines Vaters. Aber... da war noch mehr. Es gab noch eine Karte vom Stundenforst. Aber die Karte stimmte nicht. Wahrscheinlich war sie schon uralt, denn auf der Karte war der Wald dreimal so gross wie er heute ist und es waren Wege darauf eingezeichnet, die nie jemand gefunden hat. Danach hat dein Grossvater immer gesucht und ich denke, auch dein Vater hat nach diesen mysteriösen Pfaden gesucht. Ausserdem war darauf ein Kompass abgebildet, der..." „In südwestliche Richtung zeigte?", vervollständigte Lino den Satz. Emma schluckte schwer. „Woher weisst du das?", fragte sie ihn mit zitternder Stimme. Lino erzählte ihr in kurzen Sätzen von seinen Beobachtungen, obwohl er bewusst den Teil mit der Bitte an Borvin ausliess. Emmas Augen weiteten sich vor Erstaunen. „Meinst du, wir sollten damit zur Polizei gehen?" Lino schüttelte bestimmt den Kopf. „Nein, auf keinen Fall. Sie werden uns für verrückt halten und uns wo möglich nur unnötig aufhalten oder Senas Spuren verwischen. Wir sollten die Karte finden." Gemeinsam stellten Lino und seine Grossmutter das ganze Haus auf den Kopf, allerdings ohne weitere Hinweise und auch die Karte konnten sie nicht finden. Draussen hatte bereits die Morgendämmerung eingesetzt.

Schliesslich gingen sie zu Grossmutters Wohnung und sahen dort sämtliche Kisten mit den Habseligkeiten seines Grossvaters durch, die Grossmutter im Keller verstaut hatte, aber auch hier war nichts zu finden. Emma wischte sich den Schweiss von der Stirn. Erneut fiel Lino auf, wie viel Energie noch in der kleinen, hageren Frau steckte. Emma musste wohl seine Gedanken erraten haben, denn sie lächelte ihn liebevoll an. Plötzlich riss sie Mund und Augen weit auf und schlug sich mit der flachen Hand gegen die Stirn, dass es laut klatschte. Lino zuckte zusammen. „Was hast du denn?" „Der Laden", flüsterte Emma, wirbelte herum und war mit zwei grossen Schritten aus dem Keller verschwunden. Lino blieb wie angewurzelt stehen, und dachte über das seltsame Gedicht nach. Gerade als ein kleiner Funke von Erkenntnis in ihm aufkeimte, erschien Emmas Kopf im Türrahmen. Zu Tode erschreckt machte Lino einen Schritt rückwärts, wobei er mit dem Kopf gegen einen Balken stiess. Staub rieselte herab und Lino musste husten. Endlich kam er wieder zu sich und er bemerkte, wie ihn Emma fragend anblickte. „Geht's wieder?" „Ja, geht schon. Du hast mich schon wieder fast zu Tode erschreckt Grossmutter. Was ist denn mit dem Laden?" „Die Karte ist bestimmt im Laden..." Sie wandte sich bereits wieder zum Gehen. „Also was ist jetzt, kommst du mit?"

Schon von Weitem sah Lino, dass etwas nicht stimmen konnte, doch erst als sie vor dem Laden standen, hatten sie die Gewissheit. Die Fenster waren dunkel und die Tür verschlossen. Grossmutter ging zur Hintertür und nahm einen Stein in die Hand. Lino meinte schon, seine Grossmutter wolle ernsthaft ein Fenster einschlagen, doch da drehte sie den Stein herum und nahm einen Schlüssel aus seinem Innern. Leise knarrend öffnete sich die Tür. Es war kühl in dem Laden und roch nach Staub und feuchter Erde. Nun wusste Lino wieder, woher ihm der seltsame Duft, der an dem Pergament mit dem Gedicht haftete, bekannt vorkam. Verwundert schaute er sich in dem Laden um. „Ich dachte immer, hier werden Grabsteine gefertigt?" „Nun ja, eigentlich

schon, aber Alda meinte, es deprimiere sie, immer nur Grabsteine anzufertigen. Deshalb hat sie angefangen, Gargoyles und andere Figuren zu modellieren. Sie nahm einen kleinen steinernen Babydrachen mit riesigen Augen in die Hand und musterte ihn aufmerksam. „Echt süss. Sie hat Talent, findest du nicht?" „Und das hier?", fragte Lino und zeigte auf einen Grabstein, auf dessen unterem Drittel der Schriftzug AC/DC eingemeisselt war. Er stand auf einem Sockel, in den die Silhouetten von mehreren Menschen mit erhobenen Armen eingemeisselt waren. Es sah so aus, als gäben AC/DC ein Konzert und unten jubelte ihnen die Menge zu. Darüber stand in grossen gotischen Buchstaben: „Oh jinggeling bell, I'm in hell." „Sie hat ja schon Talent, das muss ich zugeben, aber ist das nicht ein bisschen makaber?" „Oh, soviel ich weiss war dies der ausdrückliche Wunsch des Kunden." Sie machte einen Schritt auf ihn zu und flüsterte: „Das ist ein ganz komischer Typ, lebt noch, aber lässt schon Mal seinen Grabstein anfertigen."
Lino enthielt sich jeden Kommentars und fragte stattdessen: „Und jetzt? Wo ist nun also diese Karte?" Gemeinsam durchsuchten sie nun auch noch den Laden, doch schnell mussten sie einsehen, dass sie auch hier nichts finden würden. Schliesslich setzten sich beide auf den Sockel des gigantischen Rocker-Grabsteins. „Ich frage mich nur, wo Alda steckt. Die wird doch wohl nicht auch noch verschwun-

117

den sein?" „Quatsch Grossmutter, heute ist doch Sonntag." Wieder schlug sich Emma mit der flachen Hand gegen die Stirn. „Klar, ich Dummerchen. Lass uns nach Hause gehen, ich komme morgen noch mal hierher und frage sie, ob sie etwas von der Karte weiss. Ausserdem finde ich es hier irgendwie unheimlich." Ihr Blick schweifte über die ganzen Grabsteine und einige Gargoyles, die schreckliche Fratzen zogen und Lino musste ihr insgeheim Recht geben. Alda musste wirklich eine aussergewöhnliche Frau sein. Ächzend stand Emma auf und gemeinsam gingen sie nach Hause.

Siebenundzwanzig

Lino wollte gerade die Haustür öffnen, als er aus den Augenwinkeln einen Schatten wahrnahm. Blitzschnell drehte er sich um und glaubte seinen Augen nicht zu trauen. Hinter ihm stand Borvin. Sein sonst so weisses Fell war verdreckt und struppig, seine Augen waren trüb und seine Zunge hing weit auf der linken Seite aus seinem Maul. Er hechelte heftig und kam mit langsamen Schritten, aber wedelndem Schwanz auf ihn zu. Lino lief ihm entgegen, fiel vor ihm auf die Knie und nahm seinen grossen Kopf in die Arme. *Borvin! Gott sei Dank du bist zurück gekehrt. Wie geht es dir?* Erst jetzt fiel ihm auf, dass der grosse weisse Hund völlig abgemagert war und ausserdem stank er ganz erbärmlich. An seinem Mund sah Lino eine vertrocknete rote Kruste, doch gerade als er genauer hinschauen wollte, brach Borvin in seinen Armen zusammen und Linos Beine wurden unter dem 90kg Hund eingeklemmt. Er schrie vor Schmerz und Wut auf, doch er hatte keine Chance sich zu bewegen. Emma lief schnell ins Haus und kam mit einem grossen Eimer Wasser zurück, denn sie Borvin vor die Nase stellte. Nur ganz langsam öffnete er die Augen und schnupperte an dem Eimer, hatte aber nicht die Kraft sich aufzurichten und zu trinken. Und so benetzen Lino und Emma gemeinsam Lefzen und Zunge des erschöpften Hundes und für lange Zeit sah es so aus, als käme jede Hilfe zu spät. Plötzlich aber schleckte Borvin das Wasser regelrecht von ihren Fingern und bald konnte er sich tatsächlich wieder in eine sitzende Position aufrichten und trank den Eimer innert kürzester Zeit aus. In der Zwischenzeit hatte es Lino geschafft, seine Beine unter Borvin hervorzuziehen, doch auch er konnte nicht aufstehen. Seine Beine waren taub und kribbelten so stark, dass es schon fast weh tat. Linos linker Zeh zuckte wie eine nervöse Fliege, die in einem Spinnennetz gefangen wurde und nun mit letzter Anstrengung versuchte, sich zu befreien. Schliesslich stand Borvin auf und ging unglaublich langsam ins Haus. Man konnte ihm ansehen, dass jeder Schritt schmerzte und er unglaublich erschöpft war. Emma half Lino aufzustehen und gemeinsam folgten sie dem weissen Riesen ins Haus. Borvin ging ohne sich umzusehen hinauf in Linos Zimmer. Lino hatte schon Angst, dass er sich mit seinem schmutzigen Fell auf das Bett legen würde, doch dafür fehlte ihm offenbar die Kraft und so ging er geradewegs zu seinem Hundebett, rollte sich darauf zusammen, seufzte einmal schwer und schlief fast sofort ein.

Lino stand seit einer halben Stunde im Türrahmen und starrte ihn einfach nur an. Emma stand neben ihm. Schliesslich legte sie ihm die Hand auf die Schulter und sagte: „Mach dir keine Sorgen um ihn. Er ist einer der stärksten und tapfersten Hunde die ich je gesehen habe. Gib ihm Zeit, damit er sich ausruhen kann.

Vielleicht könntest du ihm ja ausnahmsweise sein Essen nach oben bringen." Lino starrte sie nur an. Er wollte jetzt nicht weggehen. Er wollte nicht einmal kurz weggehen um ihm Essen zu bringen. Er hatte einfach zu grosse Angst, dass er alles nur geträumt hatte und Borvin nicht mehr da war, wenn er zurück kam. Erneut schien Emma seine Gedanken zu lesen und sagte: „Das ist kein Traum. Ich sehe ihn auch und er wird bestimmt hier auf dich warten." Schliesslich ging Lino so schnell er konnte nach unten, füllte den Hundenapf bis oben hin mit Futter und ging wieder nach oben. Tatsächlich lag Borvin noch genauso da, wie Lino ihn zurückgelassen hatte. Lino stellte den Napf neben ihm ab und tatsächlich öffnete Borvin kurz die Augen, drehte dann allerdings den Kopf weg und fing laut an zu schnarchen. Emma kam mit einem zweiten Napf der mit Wasser gefüllt war und stellte ihn neben den Anderen.

Noch immer konnte Lino nicht anders, als Borvin einfach anzustarren. Mittlerweile sass er auf dem Bett und ass ein Sandwich, dass ihm Emma heraufgebracht hatte. Es war schon dunkel geworden und Borvin rührte sich noch immer nicht. Hätte er nicht so laut geschnarcht, hätte man meinen können, er sei tot. Schliesslich stand Lino auf und wollte gerade seinen Teller herunterbringen, als ihm der dunkle Umriss des Waldes ins Auge fiel. Er ging zum Fenster und suchte nach dem

Lagerfeuer, aber der Wald lag dunkel und unheimlich vor ihm. Lino wusste, nein er spürte, dass Sena nicht mehr da war, und obwohl er nicht das Gefühl hatte, dass sie Tod war, wusste er doch ganz genau, dass etwas Schreckliches passiert sein musste. Mit einem lauten Geräusch zersprang der Teller in seine Einzelteile, als Lino ihn fallen liess. Borvin sprang vor Schreck auf und schaute gehetzt in seine Richtung. Schliesslich schüttelte er sich und kam zu ihm, um prüfend am Teller zu schnüffeln. Lino schob seinen Kopf beiseite. *Lass das du Faulpelz, du schneidest dich noch an den Scherben.* Borvin schaute ihn an und öffnete kurz den Mund, doch es kam nur ein mürrisches Schmatzen dabei raus und damit drehte er sich bereits wieder um und ging auf seinen Platz zurück. Den Futternapf hatte er nicht einmal angesehen.

Lino konnte hinterher nicht mehr genau sagen, wie lange er dort am Fenster gestanden, und in die drückende Dunkelheit hinaus gestarrt hatte. Irgendwann musste er einsehen, dass er auch in dieser Nacht keinen Lichtschimmer mehr entdecken würde. Schliesslich wandte er sich ab, warf noch einen letzten Blick auf den mittlerweile tief schlafenden Borvin und legte sich schliesslich auf das Bett, wo auch er fast augenblicklich einschlief.

Achtundzwanzig

So schnell wie ihn seine kurzen Beine trugen, lief ein kleines eigentümliches Wesen mit dunkelbrauner Haut und grünen Haaren über den steinigen Untergrund. Als es die Kante der Stadtmauer erreichte, machte es einen gewaltigen Satz und sprang mit einer erstaunlich anmutigen Bewegung auf den weichen Waldboden. Seine Beine gaben unter ihm nach, sodass es hart aufschlug. Es schüttelte kurz den Kopf, stand aber sofort wieder auf und setzte seinen Lauf fort. Es kam zu einem gewaltigen Tor, vor dem zwei Wachen standen. Sie trugen keine Rüstungen, hielten aber jeweils ein Schwert in der Einen und einen Bogen in der anderen Hand. Sie riefen dem Wesen etwas zu, doch es schüttelte nur energisch den Kopf und schlüpfte zwischen ihren Beinen hindurch. In dem grossen Holztor war kaum sichtbar noch eine Zweite, viel kleinere Tür eingelassen. Es hob die Hand und im nächsten Augenblick öffnete sich die Tür wie von Geisterhand und das kleine Wesen verschwand im Inneren der grossen Burg. Die beiden Wachen sahen ihm besorgt nach, ohne jedoch Anstalten zu machen, die Verfolgung aufzunehmen. Das braune Wesen rannte ohne nach links oder rechts zu schauen über den düsteren Innenhof. Aus jeder Ecke blickten ihm besorgte Augen nach, doch das Wesen hatte weiterhin nur sein Ziel vor Augen. Ohne anzuklopfen betrat es den Raum am Ende des

Ganges durch eine weitere kleine Tür und stürzte in den Thronsaal, wo er schliesslich wie angewurzelt und schwer atmend stehen blieb, bis es sich tief verbeugte. In der Mitte des Raumes stand ein rundes Podest, auf welchem sich zwei gegenüberstehende Throne befanden. Darauf sassen eine Frau und ein Mann, die beim Eintritt des Wesens sofort ihr Gespräch unterbrachen. Die Frau erhob sich langsam, aber in gespannter Haltung und winkte das kleine Wesen zu sich. Es setzte sich in Bewegung und kam so schnell es konnte, ohne bereits zu laufen, auf sie zu. Unten blieb es stehen und sah die Frau erwartungsvoll an. Sie warf ihm ein freundliches lächeln zu und nickte auffordernd. Das Wesen jedoch versuchte vergeblich, das Podest zu erklimmen. Es war einfach zu klein dafür. Schliesslich stand der Mann auf, packte es an beiden Armen und hob es sanft auf seinen Thron. Es nickte dankbar und verbeugte sich erneut so tief, dass es mit seiner grossen breiten Nase beinahe den Boden berührte, und streckte der Frau eine winzige Schriftrolle entgegen. Die Frau nahm ihm die Schriftrolle ab und faltete das Permanent vorsichtig auseinander. Sie las aufmerksam das mit filigranen, grünen Zeichen beschriebene Schriftstück. Schliesslich reichte sie die Schriftrolle an den Mann weiter und wandte sich an das kleine Wesen das noch immer ergeben vor ihr kniete. "Bring mich bitte zu ihm." Das Wesen nickte , sprang auf und hüpfte mit einem gewaltigen Satz vom Thron. Die Frau folgte ihm mit raschen schritten und ihr Kleid bauschte sich im Wind. Der Mann hielt noch immer die Schriftrolle in der Hand. Sein Blick war leer. Schliesslich seufzte er tief und folgte seiner Frau nach Draussen.

Neunundzwanzig

Als Lino am nächsten Tag erwachte, fühlte er sich noch erschöpfter als am Abend zuvor. Müde rieb er sich die Augen und hielt Ausschau nach Borvin. Er lag nicht auf seinem Platz, der mittlerweile aussah wie ein Saustall und auch so roch, doch zu seiner Erleichterung stellte er fest, dass der Futternapf mittlerweile leer war. Schliesslich stand er auf und ging zum Badezimmer, wo er erstaunt stehen blieb. Borvin stand mit den Vorderbeinen in der Badewanne und schlappte laut schmatzend Wasser vom laufenden Wasserhahn. Linos Grossmutter stand hinter Borvin und versuchte ihn mit aller Kraft, jedoch vergeblich, ganz in die Badewanne zu stossen Borvin schlappte ungeniert weiter und rührte sich nicht von der Stelle. „Was machst du denn da?", fragte er Emma amüsiert. Emma drehte sich mit hochrotem Kopf zu ihm um und sagte: „Oh endlich bist du wach. Bitte hilf mir mal. Dein Riesenvieh braucht dringend ein Bad." Lino schob seine Grossmutter mit sanfter Gewalt beiseite und krempelte die Ärmel hoch. Doch auch Lino schob und drückte erfolglos an Borvins Hinterteil herum. Hinter sich vernahm Lino das schadenfreudige Lachen seiner Grossmutter, doch er tat ihr nicht den Gefallen, sich zu ihr umzudrehen. *Komm schon bitte steig in die Badewanne. Du stinkst wirklich ganz erbärmlich. Ich lasse dich dann auch den ganzen Tag in Ruhe und hole dir einen extra grossen Knochen beim Metzger.* Tatsächlich hörte Borvin endlich auf, den Wasserhahn auszusaugen. Doch dann schüttelte er den Kopf, bespritzte Lino und Emma mit Wasser und blickte dann beide erwartungsvoll an. *Na gut Borvin, mein letztes Angebot. Wenn ich dich jetzt baden darf, kriegst du einen riesigen Knochen und noch ein T-Bone Steak obendrauf.* Völlig unbeeindruckt und mit halb geschlossenen Augen blickte Borvin zu ihm auf, und wie Lino fassungslos feststellen musste, bewegte er sich immer noch nicht von der Stelle. Er warf mit gespielter Verzweiflung die Hände in die Luft und rief laut: „Oh ehrwürdiger Hundefürst, erlaubt mir euch heute Nacht den Platz in meinem Bett anzubieten. Aber bitte... bitte erlaubt mir euch nun zu baden." Borvin bellte laut und sprang schliesslich mit einem gewaltigen Satz in die mittlerweile halbvolle Badewanne, wobei er Lino mit einem lauten *platsch* bis auf die Knochen durchnässte. Emma zog sich vorsichtshalber zurück, und doch konnte sie es nicht lassen die Tür einen Spalt breit offen zu lassen und laut lachend die Treppe hinunter zu gehen.

Die nächste Stunde war Lino damit beschäftigt, sämtlichen Dreck und Filz in minutiöser Feinstarbeit aus Borvins Fell zu entfernen. Mittlerweile sass auch er in der Badewanne und unterschied sich optisch nicht mehr viel von seinem Hund. Plötzlich fühlte er sich dem weissen Riesen so nah wie nie zuvor und er war unglaublich froh, ihn bei sich zu haben. Er schaute ihm tief in die Augen und zu seinem Erstaunen wandte Borvin seinen Kopf nicht ab, wie es die meisten Hunde sonst tun wenn man sie zu lange anstarrt, sondern erwiderte seinen Blick. Gerade als Trauer, Wut und Angst um Sena ihn zu übermannen drohten, rief ihn seine Grossmutter. Er schniefte laut und schüttelte den Kopf, um die schrecklichen Bilder, zweifellos nur durch seine Fantasie hervorgerufen, aus dem Kopf zu bekommen. „Komme gleich!"

Umständlich versuchte er aufzustehen. Erst wollte es ihm nicht gelingen, doch schliesslich schien Borvin zu bemerken, dass er Mühe hatte und setzte sich an den unteren Rand der Badewanne. Lino ergriff sein Halsband und zog sich mit einer raschen Bewegung auf die Füsse. *Danke mein Freund.* Gedankenverloren setzte er sich auf den Rand der Badewanne und begann damit, Borvins Fell auszuspülen. Auch nach einer geraumen Weile war das Wasser noch von einer braungrauen, trüben Färbung. Lino seufzte. *Wo hast du dich nur herumgetrieben? So dreckig wirst du ja nicht einmal bei einem Bad im Waldsee.* Borvin schaute ihn treuherzig an und legte schliesslich seinen Kopf auf Linos Knie. Lino griff sich ein Handtuch und fing an Borvin trocken zu rubbeln. Plötzlich hatte er einen

Geistesblitz. *Wir werden sie suchen gehen Borvin. Ich weiss, dass du mich zu ihr führen kannst und gemeinsam werden wir sie finden, auch wenn der Weg noch so lang erscheinen wird.* Borvin bellte freudig und sprang aufgeregt im Badezimmer herum. Schliesslich schüttelte er sich, damit auch ja das ganze Badezimmer verspritzt und somit geputzt werden musste und rannte aus dem Badezimmer. Lino hörte, wie er die Treppe herunter – nun ja mehr fiel als ging- und wie Emma einen erschreckten, aber zugleich freudigen Ausruf hervorbrachte. Er dachte noch kurz über sein Vorhaben nach, überlegte sich was er alles brauchen würde und stand schliesslich auf. Prüfend stand er auf seinen verletzten Fuss. Der Schmerz war noch da, doch es war eindeutig besser geworden. *Noch ein paar Tage, dann können wir uns auf den Weg machen.*

Als Lino frisch geduscht die Treppe runter kam, erwarteten ihn Borvin und Emma bereits. Lino musste laut lachen als er seinen Hund sah. Durch das Waschen und Frottieren hatte sich Borvins sonst glattes Fell gekräuselt und so sah er nun aus wie ein überdimensionierter Pudel, der dringend zum Friseur musste.
„Ich muss heute einmal nach Hause und meine Blumen giessen und dann hole ich gleich noch einige Sachen. Ich komme dann gegen Abend wieder zurück. Brauchst du etwas?",

fragte Emma. „Nein danke. Ich gehe noch kurz zum Metzger um für Borvin was Feines zu holen, brauchst du von dort etwas?", erwiderte er. „Nicht nötig!", rief Emma fröhlich. Sie nahm ihre Tasche und ihren Mantel und liess Lino im Wohnzimmer stehen.
Nach einem ausgiebigen Frühstück machte sich Lino auf den Weg zum Metzger. Er benutzte probehalber nur noch eine Krücke, in der anderen Hand hielt er Borvins Leine. Er konnte besser laufen, als er es erwartet hatte und zu seiner grossen Erleichterung schien Borvin noch nicht genug Kraft zu haben, kräftig an seiner Leine und somit Lino durch halb Bridgewood zu ziehen. Beim Metzger band er seinen Hund an einem Laternenpfahl fest. *Bin gleich zurück. Wenn du wegläufst, bist du selber schuld.* Er umrundete den Erker und betrat die Metzgerei. Kaum eine Minute später hatte er schon alles beisammen, wobei er den Fragen der neugierigen Metzgersfrau gekonnt auswich. Er verliess den Laden und wollte gerade zu Borvin, als hinter ihm jemand rief: „Na sieh Mal an, die haben wir gerne." Er drehte sich um und musterte sein Gegenüber finster. „Was willst du?", fragte er patzig. „Och nichts, ich hab gerade eine Freistunde und da sehe ich dich Fallon, wie du seelenruhig einen Einkaufsbummel machst. Und das obwohl du eigentlich wegen deinem angeblich verletzten Fuss krankgeschrieben bist." „Nicht dass es dich etwas anginge, aber mein Hund hat Hunger und ich wollte ihm etwas Gutes tun",

sagte Lino genervt. Mitch schaute ihn mit einem verächtlichen Grinsen im Gesicht von oben bis unten an. „Hund? Was denn für ein Hund? Deiner ist doch weggelaufen." Er stellte sich breitbeinig vor Lino auf. „Och braucht der kleine Fallon ein Schmusetier, weil sein Papi abgehauen ist?" Dies sagte er in einer hohen Kinderstimme und er zog verächtlich einen Schmollmund. „Halt bloss die Klappe Mitch sonst..." „...sonst was? Erzählst du es dann meinen Eltern?" Er lachte frech und schubste Lino, sodass dieser zwei Schritte zurück machen musste. Aus den Augenwinkeln sah er, dass Borvin wie verrückt an seiner Leine zerrte und im Begriff dazu war, sich jederzeit loszureissen. So sehr er Mitch verabscheute, er wollte nicht dass ihn Borvin auseinandernahm. Er machte einen Schritt auf Mitch zu und sagte: „Pass bloss auf was du als Nächstes tust. Es könnte dein Todesurteil sein." Wie auf Kommando riss sich Borvin in eben diesem Moment los und kam laut bellend und Zähne fletschend um die Ecke gerannt. Mitch riss die Augen auf und sein Gesicht verfärbte sich innert Sekunden von einem wütenden Rot in ein kreidiges Bleich. Vor Schock blieb er stehen und das rettete ihm wohl im letzten Moment das Leben. Lino wusste nicht, ob er Borvin hätte aufhalten können und wenn er ehrlich war, wusste er auch nicht, ob er es getan hätte. Er packte Borvin vorsichtshalber am Halsband und hielt ihn zurück. Der Hund stand in angespannter

Haltung und mit gefletschten Zähnen zwischen ihm und Mitch und liess Letzteren nicht aus den Augen. „Aber... aber das kann nicht sein. Das mir das erst jetzt aufgefallen ist! Das ist ja ein Ca.... Du meine Güte!", stammelte er verwirrt. Er schlug sich die Hände vor den Mund und seine Augen wurden womöglich noch grösser. Er stammelte irgendetwas Unverständliches und ergriff daraufhin die Flucht. Verwundert tätschelte Lino den Kopf seines Hundes und griff schliesslich nach der Leine. Auf den ersten Blick war nicht ersichtlich, wie sich der Hund losreissen konnte, doch dann entdeckte er den abgebrochenen Karabiner. Resigniert löste er die Leine ganz von Borvins Halsband. *Aber bleib in meiner Nähe und pass auf die Autos auf.* Borvin setzte sich in Bewegung und ging mit langsam trabendem Gang voraus und so gingen sie gemeinsam nach Hause.

Den Rest des Tages lümmelten Lino und Borvin zuhause herum und als Borvin fertig war mit den Köstlichkeiten vom Metzger, ging er nach oben und Lino sah ihn den ganzen Abend nicht mehr. Irgendwann kam Lynn vorbei, doch die Stimmung zwischen ihnen war nicht gut und Lino war nicht in der Stimmung, mit ihr über seine Gefühle zu reden. Schliesslich ging sie wieder und bald darauf kam Emma mit Sack und Pack zurück. Sie assen gemeinsam zu Abend, wobei Lino eher beiläufig erwähnte, dass sein Fuss schon

weniger weh tat. Emma blickte ihn nachdenklich an, sagte aber nichts weiter zu und schon bald gingen beide schlafen. Lino telefonierte noch kurz mit seiner Mutter, aber sie hatte offenbar starke Medikamente zur Beruhigung bekommen und sagte nicht viel.
Als Lino in sein Zimmer kam, lag Borvin laut schnarchend quer auf dem Bett. Er war einen Blick auf den dunklen Wald, aber da war nichts Auffälliges zu sehen. Nur eine einzige grosse dunkle Fläche, ohne das Geringste Lebenszeichen von seiner Schwester oder sonst jemandem.

Dreissig

Mit wallendem Umhang stürmte die Frau eine Treppe hinunter, gefolgt von dem dunkelbraunen Wesen und ihrem Mann, der einige Schritte hinter ihnen folgte. Unten an der Treppe gab es noch einmal eine Tür, die sich wie von Geisterhand öffnete und den Blick auf einen grossen Innenraum freigab. Links und rechts vom Innenraum ging je ein Gang ab, der so lang war, dass man das Ende im trüben Zwielicht des Kerkers nicht erkennen konnte. In der Mitte der gegenüberliegenden Wand gab es eine grosse, eisenbesetzte Tür, vor welcher gleich drei Wachen standen. Sie trugen schwarze Hosen und schwarze Stiefel, ein nachtblaues Wams und darüber eine helle Weste. Als sie die Frau und ihre Begleiter erblickten, traten zwei von ihnen rasch zur Seite und der Dritte öffnete mit seinem gewaltigen Schlüsselbund die zahlreichen Schlösser. Er hatte kaum den letzten Schlüssel herausgezogen, als die Frau ihn auch schon zur Seite stiess und in die Zelle stürmte.
Ein Schwall modriger Luft stiess ihr entgegen und sie blieb angewidert stehen, auch damit sich ihre Augen an die Dunkelheit gewöhnen konnten. „Warum sitzt er im Dunkeln? Bringt sofort eine Fackel her." „Jawohl Herrin." Die Frau machte einen Schritt nach vorne, als auch schon ihr Mann gefolgt von einem der Wärter in die Zelle traten. „Warte Terza", sagte der Mann. „Lass mich bitte mit ihm reden."

Widerwillig trat die Frau beiseite und der Wächter machte sich eiligst daran, die beiden mitgebrachten Fackeln in die dafür vorgesehenen Eisenringe in der Wand zu stecken. Es war immer noch düster, aber nun zeichneten sich deutlich die Umrisse eines Mannes ab, der auf einem steinernen Bett lag und flach atmete. Die Frau wandte sich an das kleine grünhaarige Wesen. „Wieso war Dulaga noch nicht bei ihm?" Das Wesen hob die Hände in die Luft und zuckte mit den Schultern. Terzas Mann packte den erschöpften Mann sanft an der Schulter. Wie vom Blitz getroffen fuhr er auf und sah sie mit grossen Augen an. Erleichterung machte sich auf seinem Gesicht bemerkbar, als er seine Besucher erblickte und scheinbar erkannte. Er rutschte von der Steinbank und fiel ihnen vor die Füsse. „Verzeiht mir Herr, ich war nur so erschöpft, ich musste mich einfach hinlegen." „Aber natürlich", erwiderte Terzas Mann. "Das ist doch selbstverständlich. Aber bitte erhebe dich und erzähle uns was passiert ist." An den Wächter gewandt sagte er: „Schickt nach Dulaga und bringt ihm Essen, heisses Wasser und saubere Tücher, damit er sich waschen kann." Der Wächter machte eine angedeutete Verbeugung und verliess rasch die Zelle. Terzas Mann wandte sich wieder dem noch immer knienden Mann zu. Vergeblich versuchte dieser, sich zu erheben, aber er hatte einfach keine Kraft mehr. Terza und sogar das kleine Wesen halfen ihm

schliesslich, sich wieder auf die steinerne Bank zu setzen. Erschöpft liess er sich nach hinten sinken und schloss die Augen. Er öffnete sie nicht einmal, als sich das kleine Wesen, das nur mit einem dunkelgrünen Lendenschurz bekleidet war, auf sein Knie setzte. Es legte den Kopf schräg und schaute ihn mit seinen grossen Augen gebannt an.
„Wieso wird er hier gefangen gehalten, Ladun?" fragte Terza an ihren Mann gewandt. Ladun erwiderte: „Finolaf ist nicht unser Gefangener. Die Zelle ist sowohl zu Seiner, als auch unserer Sicherheit gedacht. Die Späher sagten mir, dass er verfolgt wurde." Der Mann öffnete kurz seine Augen und sagte: „Das stimmt Herr. Ich habe sie gesehen... am Tor. Huldsirf und ich wollten sie nicht passieren lassen, aber dann haben sie uns angegriffen und Huldsirf..." Seine Stimme versagte. Tränen schimmerten in seinen Augen als er Ladun anblickte. Das kleine Wesen streichelte tröstend seinen Arm. Ladun wollte etwas sagen, doch in diesem Moment kamen zwei Wächter herein und brachten Finolaf einen Krug Wasser und frisches Brot, dessen Duft sich sofort in der Zelle ausbreitete. Gierig setzte Finolaf den Krug an und hörte erst auf zu trinken, als er keine Luft mehr bekam. Er wischte sich das Kinn mit einem schmutzigen Ärmel ab und fuhr sich zerstreut durch die kurzen graubraunen Haare. Ladun legte ihm beruhigend die Hand auf die Schulter und

sagte: „Und nun noch einmal von vorne. Was ist dir und deinem Bruder passiert?"

Einunddreissig

Müde und unmotiviert humpelte Lino zur Schule. Er hatte es kaum übers Herz gebracht, Borvin alleine zuhause zu lassen, aber er musste wieder in die Schule und ausserdem wollte er testen, wie gut seine Fussverletzung schon verheilt war. Auf dem Schulhof lief ihm James freudig entgegen und Lino hakte sich dankbar bei ihm unter. Gemeinsam gingen sie den Gang entlang zu ihrem Klassenzimmer. Von allen Seiten begrüssten ihn seine Kameraden und klopften ihm aufmunternd auf die Schulter. Als sie gerade ins Klassenzimmer eintreten wollten, kam Mitch, flankiert von Chris und Jason. Lino nickte ihnen zum Gruss zu, doch die beiden ignorierten seinen Gruss. Mitch baute sich vor Lino und James auf und sagte: „Och... Das Waisenkind hat schon einen neuen Freund gefunden. Sagt es uns, wenn die Hochzeit ansteht, ja?!" Lino wollt etwas erwidern aber James war schneller. „Wir können ja gleich eine Doppelhochzeit feiern, sobald du dich entschieden hast ob du lieber James oder Chris heiraten möchtest." Lino und James grinsten breit und gingen ohne weiteren Kommentar an ihnen vorbei.
Lino konnte sich kaum auf die Schulstunde konzentrieren. Immer wieder dachte er an Borvin und irgendwann fing er an, sich Notizen zu machen, was er alles für die Suche nach Sena mitnehmen wollte oder noch zu besorgen hatte und so verging der Vormittag wie im

Fluge. Die Klingel zur Mittagspause riss Lino aus seinen Gedanken und er zuckte erschrocken zusammen, als er plötzlich bemerkte, dass Mitch hinter ihm stand und ihm neugierig über die Schulter schaute. Er riss ihm das Notizblatt aus den Fingern und las laut vor: „Regenjacke, Schlafsack, Campingrucksack, Socken, T-Shirt zum Wechseln, die Unterhose von Mami..." Diejenigen, die noch nicht in die Mittagspause gegangen waren, lachten laut und machten sich über ihn lustig. Lino sprang wütend auf, sodass sein Stuhl mit einem lauten Knall zu Boden fiel. Er packte Mitch am Kragen und zog ihn nach oben. „Was hast du gesagt?" Mitchs riss die Augen auf, packte Linos Handgelenk und versuchte vergeblich, seine Finger zu lösen. Lino zog ihn nur noch weiter nach oben. Sie waren sich jetzt so nah, dass sich ihre Nasenspitzen fast berührten. Mitch versuchte immer noch verzweifelt, sich loszureissen, doch Lino hielt ihn mit eiserner Hand fest. „Ich habe es dir schon gestern gesagt. Lass mich in Ruhe Ridden oder du bekommst es mit mir zu tun", knurrte Lino bedrohlich. Mitch sah ein, dass er sich aus Linos Griff nicht befreien konnte und entschied sich daher für die niedrigste aller Arten, um sich gegen einen Feind zu wehren. Er spuckte ihm mitten ins Gesicht und in Lino explodierte eine alles verzehrende, gleissend helle Woge der Wut. Er brüllte wütend auf und schleuderte Mitch mit einer kräftigen Bewegung, von der er selbst nicht genau wusste woher die Energie dafür kam, in die hinterste Stuhlreihe, wo er mit einem lauten Krachen von gleich mehreren Stühlen begraben wurde. Lino drehte sich um und packte so schnell es nur ging seine Schulsachen zusammen, da rief James auf einmal „Linooo.... pass auf... hinter dir.." Augenblicklich liess Lino seine Bücher fallen und wollte sich umdrehen, doch es war zu spät. Mitch packte ihn von hinten unter den Armen und legte seine Hände in Linos Genick. Lino war gefangen. Fieberhaft versuchte er einen Ausweg zu finden, seine Gedanken rasten, als Mitch seinen Druck auf Linos Genick plötzlich verstärkte. Durch eine Woge aus Schmerz hörte er ganz leise Mitchs Stimme, die ihm ins Ohr flüsterte: „Du hast dich mit dem falschen angelegt, Fallon. Unsere Familie herrscht seit Jahrhunderten über die Welt und ich werde mir sicherlich nicht von einem dreckigen Fallon besiegen lassen." Lino verstand den Sinn seiner Worte nicht, doch der erneut stärker werdende Druck in seinem Nacken machte ihm klar, dass Mitch es ernst meinte. Er spannte seine Muskeln an und zog den etwas kleineren Mitch mit sich nach vorne, nur um ihm dann umso heftiger den Kopf ins Gesicht zu rammen. Mitch schrie auf und sofort lockerte sich sein Griff und Lino konnte sich losreissen. Er drehte sich um und ballte in Erwartung auf den nächsten Angriff die Fäuste, doch von Mitch drohte keine Gefahr mehr.

Er stand wimmernd da und hielt sich die Hände vors Gesicht. Dunkelrotes Blut tropfte auf den Boden. Lino warf ihm einen triumphierenden Blick zu, packte seine Bücher und stürmte so schnell er konnte aus dem Klassenzimmer. Draussen auf dem Flur starrten ihn hunderte Augenpaare teils erschrocken, teils anerkennend an, fast so als warteten sie darauf, dass er etwas dazu sagte. James kam nun auch aus dem Klassenzimmer und half Lino, sich einen Weg durch die Schaulustigen Schüler zu bahnen, indem er mehr als einen auch einmal etwas grob zur Seite stiess, wenn sie nicht schnell genug Platz machen. Sie hatten den Ausgang schon fast erreicht, als hinter ihnen eine tiefe Stimme ertönte: „HALT! Wagt es nicht, jetzt die Schule zu verlassen!" Resigniert drehten sich beide an. Am Ende des Ganges stand Rektor Maut. Obwohl er von untersetzter Statur war und im nächsten Jahr wohl endlich in den Ruhestand treten würde, hatten alle einen riesigen Respekt, wenn nicht sogar Angst vor ihm. „Ehhh, ich auch?" fragte James. Lino stiess ihm den Ellbogen in die Seite um ihn zum Schweigen zu bringen, aber Maut hatte es offenbar trotzdem gehört. „IHR BEIDE!", brüllte er wütend, wobei sich seine Stimme am Ende etwas überschlug. Mehrere der umstehenden Schüler konnten sich nur mit Mühe das Lachen verkneifen und auch Lino hätte beinahe laut losgeprustet. Der Rektor wandte sich an die Schüler.

„Hier gibt es nichts zu sehen. Es ist Mittagspause. GEHT NACH HAUSE!" Innert Sekunden leerte sich der Gang und zurück blieben nur Rektor Maut, Lino, James, Chris, Jason und Mitch, der ein mittlerweile blutgetränktes Taschentuch vors Gesicht haltend, aus dem Klassenzimmer geschlichen kam. „In mein Büro. ALLE!" „Aber Sir, sollte ich nicht zuerst zur Kranken..." nuschelte Mitch mit verstopfter Nase. „SOFORT IN MEIN BÜRO!" Alle zuckten zusammen und Lino fragte sich einmal mehr, wieso Maut immer so herumschreien musste. Mit hängenden Schultern folgten ihm schliesslich alle in sein Büro.

Lino und Mitch mussten im Vorzimmer warten, während sich Rektor Maut mit Chris, Jason und James unterhielt. Lino vermied es bewusst, Mitch anzusehen, denn dann wäre er ihm sicherlich gleich wieder an die Gurgel gegangen. Nach einer gefühlten Ewigkeit kamen Jason und Chris schliesslich aus dem Büro, kurz nach ihnen folgte auch James. Lino wollte ihn gerade fragen, wie es gelaufen war, da brüllte der Rektor auch schon wieder: „Es wir nicht geredet. Ihr drei geht nach Hause. Ridden kommt zu mir ins Büro und Fallon, Gnade dir Gott wenn du nicht mehr da bist, wenn ich das nächste Mal meine Tür öffne." Mitch war noch nicht ganz durch die Tür getreten, da versetzte ihr Lino auch schon einen Tritt, der sie mit einem lauten Knall zuschlagen liess. Er

wandte sich wieder James zu, doch er und die beiden neuen Gorillas von Mitch waren bereits verschwunden. Wütend über sich selbst verschränkte Lino die Arme vor der Brust und wartete angespannt. Schon begann er den Kampf zu bereuen, doch immer als dieses Gefühl drohte überhand zu nehmen, schüttelte er ärgerlich den Kopf und redete sich selbst ein, dass er im Recht war. Er wusste nicht, wie lange er schon dort gewartet hatte, aber es fühlte sich wie ein halbe Ewigkeit an, als endlich die Krankenschwester in den Vorraum kam. Sie wandte sich ihm zu, aber Lino winkte ab und brummte: „Ich bin nicht verletzt." In diesem Moment öffnete sich die Tür und Mitch kam auf den Rektor gestützt aus dem Büro geschlichen. *Lächerlich,* dachte Lino und sein verächtliches Gesicht sprach Bände. Er hätte beinahe in die Hände geklatscht, bei soviel schauspielerischer Leistung. Im Vorübergehen warf ihm Mitch einen herausfordernden - oder war es triumphierenden? - Blick zu und ging schliesslich schwer auf die Krankenschwester gestützt aus dem Raum.
Maut machte eine einladende Geste in Richtung seines Büros, nachdem er sich mit einem schmuddelig aussehenden Stofftaschentuch den Schweiss vom Gesicht getupft hatte. Lino stand auf, straffte seine Schultern und ging mit erhobenem Kopf ins Büro des Rektors.

Zweiunddreissig

Erneut drohten seine Sinne zu schwinden. Er wusste nicht mehr wo unten und wo oben war. Aber er wusste, von seinem Überleben hing momentan auch das Überleben vieler Anderer ab. Erneut schüttelte er seinen Kopf und versuchte die Spinnweben die seinen Kopf einzunebeln versuchten, loszuwerden. Erst als jemand seine Hand mit festem Griff umschloss, fand er allmählich wieder in die Wirklichkeit zurück. Er blickte in zwei dunkelblaue Augen, die in gebannt anblickten. Jemand rüttelte an seiner Schulter und durch einen Vorhang aus Dunkelheit konnte er erkennen, dass ihm eine Person einen nassen Lappen auf die Stirn legte. Die Frau flüsterte und trotz seines umnebelten Geistes konnte Finolaf die Worte verstehen. „Ich weiss nicht, wie lange er noch durchhält, Ladun. Aber wenn er nicht durchhält..." Ladun brachte sie mit einer abwehrenden Geste zum Schweigen. „Ich habe bereits einige Männer ausgeschickt, die seine Spur zurückverfolgen. Sie werden bald zurück sein." Terza schüttelte den Kopf. Sosehr sie ihren Mann liebte, sie konnte ihn manchmal einfach nicht verstehen. Er war eben nur ein Krieger, wenn auch ein sehr Grosser. Sie hingegen war eine Königin und verantwortlich für die unterschiedlichsten Völker und Kreaturen. „Ich hoffe nur, deine Männer lassen die nötige Vorsicht walten. Wenn sie, wer auch immer sie sind, herausfinden, dass ihnen die Wächter auf der Spur sind, wird es sie direkt hierher führen." Ladun schlug sich mit der geballten Faust so fest auf den Oberschenkel, dass er beinahe aus seiner hockenden Position auf den Rücken gefallen wäre wie ein Käfer. Das kleine Wesen schlug rasch die Hände vor den Mund, um sein Lachen zu verbergen. „Dann sollen sie doch kommen. Wir Wächter lassen uns nicht einschüchtern. Selbst wenn Malizio die Krieger persönlich anführen sollte." Bei diesen Worten zuckte Finolaf zusammen und endlich öffnete er die Augen. „Mal... er... Desper... geschickt... Tochter.... Catula vertrieben... Steinblut ... schwächer. Gefahr." Das letzte Wort war kaum mehr als ein Flüstern. Terza und Ladun starrten ihn erschrocken an. Obwohl er jedes zweite Wort verschluckte, verstanden die beiden sofort, welche wichtige Botschaft er ihnen mitzuteilen versucht hatte. Ladun war der Erste, der sich aus der Erstarrung löste. „Das bedeutet Krieg!" sagte er leise, doch dies schien seinen Worten nur umso mehr Gewicht beizumessen und er verliess eiligst den Kerker. Terza wandte sich an das kleine Wesen, das noch immer auf Huldsirfs Knie sass und ihn gebannt ansah. Als es den Blick der Königin bemerkte, stand es hastig auf und verbeugte sich. „Bitte sieh nach, wo Dulaga bleibt und wenn du sie gefunden hast, bring sie auf dem schnellsten Weg hierher." Das kleine Wesen nickte eifrig und liess sich schliesslich an den zerlöcherten

Hosenbeinen von Finolaf auf den Boden gleiten und verschwand mit erstaunlicher Schnelligkeit in einem kaum sichtbaren, fusshohen Durchgang in der Wand.

Dreiunddreissig

„Ich werde mir deine Version der Geschichte gar nicht erst anhören. Die anderen vier haben mir bereits alle die gleiche Version erzählt, daher gehe ich davon aus, dass ihr entgegen eurem Verhalten doch alt genug seid, um für euer Vergehen geradezustehen." Rektor Maut starrte ihn herausfordernd an, aber Lino tat ihm nicht den Gefallen zu antworten. Maut gab ihm noch ein wenig Zeit, um seine Meinung noch zu ändern, doch als er einsah, dass Lino schweigen würde, stand er schliesslich auf und begann unruhig in seinem Büro auf und ab zu gehen. Schliesslich ging er wieder zu seinem Stuhl hin, setzte sich aber nicht darauf sondern stützte beide Hände auf seinen gigantischen Tropenholzschreibtisch und sagte: „Du weisst, dass ich ein solches Verhalten nicht dulden kann. An meiner Schule herrscht Ordnung und Disziplin. Er richtete sich nun vollends zu seiner jämmerlichen Grösse auf und sagte stolz: „Ich kann mit Recht und Gut von mir behaupten, diese Schule trotz der diversen Hitzköpfe die hier täglich ein und ausgehen, ganz gut im Griff zu haben." Lino verdrehte genervt die Augen, seufzte schwer; sagte aber immer noch nichts. „Weisst du, aus dir hätte echt was werden können. Du warst als Kapitän der Bridgewood Falcons allgemein sehr beliebt und hochangesehen. Wärst du nicht verletzt gewesen, hätten sich die Talentsucher sicherlich sogar um dich geprügelt, nur um dich in ihre Mannschaft aufnehmen zu können. Aber du..." „...aber ich, was?", fragte Lino böse und sprang auf. Langsam fing in ihm die Wut wieder an zu kochen, sodass ihm nicht einmal auffiel, dass sein Fuss nicht mehr schmerzte. *Was denkt sich dieser Maut eigentlich? Und was zum Teufel haben mein verletzter Fuss und meine Hockeykarriere mit dem Streit mit Mitch zu tun?* Rektor Maut funkelte ihn von unten wütend mit seinen blutunterlaufenen blaugrauen Augen an. „Set dich wieder hin", sagte er gepresst, jedoch mit einem drohenden Unterton in der Stimme. Lino setzte sich wieder hin, verschränkte die Arme vor der Brust und starrte aus dem Fenster. Maut kam nun um den Schreibtisch herum und setzte sich Lino gegenüber auf die Tischplatte. Er berührte mit den Füssen kaum noch den Boden und musste mehrere Anläufe nehmen, bis er in einer einigermassen bequemen Position da sass. Lino konnte sich nun nur noch mit grosser Anstrengung das Lachen verkneifen. *So eine Witzfigur,* dachte er abschätzig.

„Hör zu Lino. Ich mache das wirklich nicht gerne, das kannst du mir glauben", sagte Maut. Der plötzlich so versöhnliche Ton liess Lino aufhorchen und nun sah er ihn doch an. Maut zögerte, so als müsse er sich seine nächsten Worte genau überlegen und sagte schliesslich: „Du wirst für zwei Monate von der Schule suspendiert." Bevor Lino etwas erwidern konnte, hob er die Hände und fuhr nun wieder in strengerem Ton fort: „Den Schulstoff wirst du natürlich trotzdem durchnehmen müssen. Ich werde dafür sorgen, dass dir James Calderari, jeweils die Hausaufgaben vorbeibringt." Lino ballte die Hände zu Fäusten, bis sich seine Fingernägel tief in seine Handflächen bohrten. „Aber... das können sie doch nicht tun. Es ist doch gar nichts so Schlimmes passiert und ich..." Er kämpfte mit Tränen der Wut und der Enttäuschung. Wieder hob der Rektor abwehrend seine Hände und sagte: „Leider bin ich von der Bildungskommission dazu verpflichtet, solche Vorfälle, die eine Suspension zur Folge haben, in deiner Schulakte zu vermerken." Entgeistert starrte er Rektor Maut an. „Aber... dann werde ich wohl kaum an irgendeiner weiterführenden Schule ein Stipendium erhalten und es macht auch nicht gerade einen guten Eindruck auf meinen nächsten Eishockeytrainer. Kann man da denn gar nichts machen?" Maut blickte ihn traurig an. „Ich werde in deinem Abschlusszeugnis nur das Beste über dich schreiben und werde selbstverständlich auch auf deine familiäre Situation ansprechen. So von wegen *mildernde Umstände*, wenn du weisst was ich meine." Lino ging nervös im Büro des Rektors auf und ab. „Damit zerstören sie meine Zukunft. Ohne Stipendium kann ich nicht weiter zur Schule gehen; sie wissen ganz genau, dass wir kein Geld haben."

Der Rektor setzte sich nun wieder in seinen Sessel, legte die Fingerspitzen beider Hände aneinander und sagte leise: „Nur zu deiner Info: Mitch wird für drei Monate von der Schule suspendiert. Und sobald du wieder Hockeyspielen kannst, wird er zudem aus dem Hockeyteam geworfen und kann auch nicht wieder zurück kommen. Es tut mir leid Lino, aber so sind nun mal die Regeln." Lino ging zur Tür, warf einen letzten Blick ins Büro des Direktors und sagte: „Ich scheiss' auf die Regeln." Und damit knallte er die Tür hinter sich zu.

Vierunddreissig

Er blieb noch eine geraume Weile hinter der Tür stehen, die er gerade hinter sich zugeknallt hatte. Schliesslich wischte er sich die wenigen Tränen weg, die über sein Gesicht gelaufen waren und ging Richtung Ausgang. Er überlegte es sich dann aber nochmal anders und ging zu seinem Spind. Er räumte alle seine Bücher und Erinnerungsstücke von gewonnenen Turnieren in seinen Rucksack und als er die Tür zu seinem Spind schliessen wollte, blickten ihn zwei grüne Augen durchdringend an. Lino liess vor Schreck alle seine Bücher fallen und schrie laut auf. „Du meine Güte Calderari, willst du mich UMBRINGEN?" James machte sich schon daran, Linos Bücher aufzusammeln und sagte: „Tut mir leid. Ich wollte dich nicht erschrecken. Können wir reden?" Er stand auf und reichte Lino seine Bücher, die er mit einem dankbaren Kopfnicken wieder in seinem Rucksack verstaute. „Kein' Bock zum Reden." „Ach komm schon, es sind doch nur zwei Monate. Ich jedenfalls würde gerne zwei Monate lang zuhause vor dem Fernseher verbringen", sagte James mit einem breiten Grinsen im Gesicht. „Haha sehr witzig. Dann hättest du Maut ja auch erzählen können, dass nicht ich sondern du dich mit Mitch geprügelt hast. Du Verräter! Wieso hast du nicht gelogen?" Sein Freund blickte ihn mit verständnislosem Blick an. „Er... hätte mir doch sowieso nicht geglaubt. Mal ehrlich Lino, das wussten jetzt alle, dass du und Mitch euch nicht leiden könnt. Was hätte das für einen Sinn gemacht. Denkst du ich bin scharf darauf, dir jeden Tag deine verdammten Hausaufgaben vorbei zu bringen?" „Na dann lass es doch. Auf so einen Freund wie dich kann ich gut verzichten. Da hättest du mich einmal aus der Misere retten können, so wie ich es schon tausend Mal bei dir getan habe, und dann sagst du ausgerechnet die Wahrheit." Lino war wütend. Obwohl er wusste, dass James richtig gehandelt hatte und er ihm eigentlich keinen Vorwurf machen durfte, kochte er innerlich und James war eben der erste, dem er richtig die Meinung sagen konnte. James kickte ein liegengelassenes Radiergummi beiseite und rief: „Schön. Mach doch was du willst. Aber komm dann bloss nicht zu mir, wenn du Hilfe bei den Hausaufgaben brauchst." Er drehte sich um und liess Lino ohne ein weiteres Wort im verlassenen Schulflur stehen.

Als Lino den Parkplatz der Schule überquerte, sah er auf einmal Lynn mit Mitch, der mittlerweile einen Verband quer übers Gesicht trug, auf einer Bank sitzen. *Das fehlte mir gerade noch.* Sie unterhielten sich. Als Mitch ihn jedoch kommen sah, sprang er sofort auf, nahm den Rucksack entgegen den ihm Lynn hinhielt und rannte in den bereits wieder dunkel werdenden Abend davon. Lino ging zu

Lynn hinüber und sah, dass ihre Augen feucht schimmerten. Er setzte sich zu ihr und legte seinen Arm um ihre Schultern, doch sie rutschte von ihm weg und streifte seine Hand ab. „Was ist denn los mit dir?", fragte er verwundert. Lynn schniefte laut und sagte empört: „Was mit mir los ist? Was zum Teufel ist DEIN Problem? Wieso hast du ihm die Nase gebrochen? Musste das wirklich sein?" „So ein Quatsch, seine Nase ist doch nicht gebrochen." *Obwohl vielleicht...* Lino ertastete die Beule an seinem Hinterkopf, die mittlerweile vor Schmerz pochte. „Doch natürlich ist sie gebrochen. Was denkst du denn, warum wir immer noch hier sind? Die Krankenschwester hat ihn bis eben noch verarztet. „Manchmal frage ich mich, ob du eigentlich seine Mutter, seine Freundin oder doch seine Schwester bist", erwiderte Lino gereizt. „WIE BITTE?" Lynn sprang auf und funkelte ihn wütend an. Da war es wieder, genau so mochte er Lynn. *Wütend, erregt und ... leidenschaftlich.* Genervt schüttelte er den Kopf. Er hatte jetzt wirklich Anderes zu tun, als sich über leidenschaftliche Gefühle den Kopf zu zerbrechen. Lynn machte auf dem Absatz kehrt und wollte davon stürmen, doch Lino bekam sie am Handgelenk zu fassen und hielt sie eisern fest, ohne ihr jedoch dabei allzu sehr weh zu tun. Sie drehte sich langsam zu ihm um. „Komm schon, ich habe es doch nicht böse gemeint. Mitch und ich mögen uns eben nicht besonders. Na und? Wir sind einfach aneinander geraten und dann ist das ganze irgendwie... eskaliert." Lynn setzte sich wieder neben ihn auf die Bank und blickte nachdenklich in die Richtung, in die Mitch verschwunden war. Geistesabwesend hob sie die Hand und strich Lino eine Haarsträhne aus dem Gesicht. Sie schauten sich tief in die Augen und Lynn sagte: „Komm, ich bringe dich nach Hause. Ich denke, etwas Ablenkung könnte dir gut tun."

Fünfunddreissig

Schnell wie der Wind, wirbelte das kleine Wesen durch die schmalen Geheimgänge der Burg. Es war hier aufgewachsen, genauso wie alle Anderen seines Volkes und es kannte jede noch so kleine Abkürzung. Zwei oder dreimal wäre es beinahe mit einem seiner Artgenossen zusammengestossen, doch es gelang ihm immer wieder, ihnen auszuweichen und seinen Weg fortzusetzen. Schliesslich erreichte es sein Ziel: Ein kleines Häuschen am Fusse eines grossen Farnes. Aus dem Kamin stieg Rauch auf. Energisch klopfte es an die Tür, und wurde auch gleich eingelassen. Schnell erklärte es Dulaga auf die ganz eigene Art und Weise, die ihrem Volk gemein war um zu kommunizieren, was mit Finolaf geschehen war. Dulaga packte sofort einen, für ihre Verhältnisse, grossen braunen Sack und folgte dem Wesen nach draussen. Einige der anderen kleinen Wesen, kamen nun neugierig näher, und wollten wissen was los ist. Dulaga sah zwei von Ihnen kurz an, dann gingen auch sie ins Haus um mit zwei genauso grossen Säcken wieder herauszukommen und gemeinsam stürmten sie durch die verwinkelten Gassen und erreichten bald darauf den Kerker, indem Finolaf und Terza auf sie warteten. Terza blickte auf, als sie ihre vier kleinen Freunde sah. „Dulaga, wie schön dass du so schnell kommen konntest. Ich habe dich doch hoffentlich nicht bei der Arbeit gestört?" Dulaga trat einen Schritt nach vorne und kniete vor der Königin hin. Die anderen taten es ihr gleich. Schliesslich sah sie Terza an, schüttelte den Kopf und zeigte auf Finolaf. Terza hievte Dulaga auf die Steinbank, auf der Finolaf immer noch lag. Er atmete flach, aber ab und zu krümmte er sich und stöhnte laut. Er musste unglaubliche Schmerzen haben. Dulaga nahm ein winziges Messer, das an ihrem braunen Bein in einem Halfter steckte, zur Hand und schnitt damit Finolafs blutgetränktes Wams auf. Ihre Augen weiteten sich vor Schreck, doch sie liess sich nichts anmerken und machte sich eifrigst daran, die bereits eiternde Wunde zu säubern und legte anschliessend einen Kräuterwickel darauf. Die anderen Wesen sahen ihr dabei aufmerksam zu und gaben ihr immer wieder, ohne das Dulaga sie auch nur ansehen musste, das ein oder andere Kraut aus den grossen Säcken. Schliesslich wischte sich Dulaga den Schweiss von der Stirn, strich ihre ebenfalls grünen Haare aus dem Gesicht und nickte Terza zu. Terza nahm die kaum einen halben Meter grosse Dulaga vorsichtig unter den Armen, fast so, als handle es sich dabei um ein Kleinkind und setzte sie wieder auf den Boden. Nun war es Terza, die sich hinkniete. Sie sah die vier Kleinen aufmerksam an und versuchte ihn ihren Gesichtern zu lesen. Schliesslich fragte sie: „Wird er es überleben?" Die Vier sahen sich an, und schliesslich machte sich ein zerknirschter Ausdruck auf

Dulagas Gesicht breit. Sie hob die Schultern, nickte und schüttelte gleichzeitig den Kopf. Terza seufzte. „Ich verstehe, er braucht Zeit." Sie ging noch einmal zu Finolaf, legte ihm einen nassen Lappen auf die Stirn und verliess schliesslich, gefolgt von den vier kleinen Wesen, den Kerker. Sie wollte gerade die Treppe hochsteigen, als sie sich doch noch einmal zu den beiden Wachen, die noch immer vor der Tür standen, umdrehte: „Bewacht ihn. Er darf auf keinen Fall gefunden werden. Und sperrt sicherheitshalber die Tür ab und versteckt den Schlüssel. Es kommen harte Zeiten auf uns zu".

Sechsunddreissig

Lino schlug die Augen auf und fast sofort schoss ein höllischer Schmerz in seine linke Seite. Er biss auf die Zähne und wollte gerade aufstehen, da bemerkte er erst, dass Lynn neben ihm lag, mit ihrem Kopf auf seinem Arm. Vorsichtig zog er seinen Arm unter ihrem warmen Körper hervor und huschte aus dem Zimmer. Vor der Tür hätte er beinahe laut aufgeschrien, als plötzlich Borvin vor ihm stand. „Phu hast du mich erschreckt!", flüsterte er. Borvin sah ihn nur vorwurfsvoll an. *Schon gut, schon gut. Ich bin eben auch nur ein Mensch.* Er schüttelte den Kopf. *Obwohl ich mich langsam frage, ob das mit Lynn wirklich so eine gute Idee ist.* Borvin sah ihn womöglich noch vorwurfsvoller an und trottete schliesslich davon.

Als Lino nach unten kam, wartete seine Grossmutter bereits auf ihn. Sofort packte ihn das schlechte Gewissen. Er hatte es gestern nicht mehr übers Herz gebracht, Emma von dem Kampf und den daraus folgenden Konsequenzen zu erzählen. Als er aber nun in ihr Gesicht blickte, wusste er, dass ihm schon jemand zuvorgekommen war. Sie winkte ihn zu sich. „Komm mal her mein Grosser, ich glaube wir haben etwas zu besprechen." Mit hängenden Schultern setzte sich Lino an den Küchentisch und sah seine Grossmutter mit demütigem Blick an. „Also", sagte sie und reichte ihm eine

Tasse dampfenden Kaffees. „Was ist passiert?" Lino druckste herum. „Naja... du weisst es ja offenbar schon." Emma nickte. „Rektor Maut hat mich gleich nach eurem Gespräch angerufen. Aber ich will es von dir hören, er war ja schliesslich nicht dabei." Lino musste plötzlich lachen. Er wusste plötzlich einfach, dass die Wut seiner Grossmutter, zum grössten Teil jedenfalls, nur gespielt war. Und so erzählte er ihr die ganze Geschichte. Als er geendet hatte, stand Emma auf und sagte: „Nun ja, es ist zwar echt mies von dem alten Maut, dass er das in deiner Schulakte vermerken will, aber zwei Monate sind schnell um und wenigstens hast du dann noch einen ganzen Monat ohne diesen Mitch und dann hast du es erst noch geschafft, dass er nicht mehr in eurem Team spielen darf." Sie drehte sich um. Ein leises „oh", entfuhr ihr. Lino drehte sich um. Lynn stand mit verdrehtem Sack in der Tür. „Ehmm... ich gehe dann mal nach... ehm... Hause. Ich eh... wir sehen uns... vielleicht. Tschüss." Und damit drehte sie sich um. Lino war beinahe erleichtert. Offenbar war er nicht der einzige, der die letzte Nacht bereute. Da fiel ihm plötzlich wieder ein, dass er Lynn gestern eigentlich etwas fragen wollte, was ihn brennend interessiert hätte. Aber irgendwie hatte er es, und das seltsamerweise nicht zum ersten Mal, schon bald wieder vergessen. „Lynn?" Sie war schon bei der Tür angekommen und schien es sich für einen Moment offenbar ernsthaft zu überlegen, ob sie sich noch einmal umdrehen sollte, tat es dann aber doch. „Was?" „Wohin ist Mitch gestern eigentlich verschwunden und was war in dem Rucksack?" Für einen kurzen Moment, glaubte Lino einen leichten Anflug von Panik in Lynns Gesicht auszumachen, doch dann antwortete sie gehässig: „Im Gegensatz zu dir, hat mein Bruder für sein Verhalten eine viel zu hohe Strafe bekommen. Er wird für drei Monate von der Schule suspendiert und darf danach nicht einmal mehr bei eurem jämmerlichen Team Hockey spielen. Das ist seiner unwürdig und daher hat er beschlossen, Bridgewood zu verlassen." „Seiner unwürdig?", fragte Lino spöttisch. Sie funkelte ihn wütend an, ohne auch nur ein Wort zu sagen. Schliesslich fasst er all seinen Mut zusammen und sagte: „Und nur damit du's weisst Ich werde Bridgewood auch verlassen." Nun war es Lynn, die spöttisch antwortete. „Du? Wo willst du denn hin?" „Na wo wohl, ich werde meine Schwester suchen gehen." Der Gesichtsausdruck von Lynn war schwer zu definieren. Er lag irgendwo zwischen Fassungslosigkeit, Angst und grell auflodernder Wut. Lynn ballte die Hände zu Fäusten und erwiderte: „Eines Tages wirst du es einsehen müssen Fallon. Bei einem Kampf gegen das Königsvolk werdet ihr immer den Kürzeren ziehen." Und bevor Lino darauf etwas erwidern konnte, war Lynn schon zur Tür hinaus, die sie mit einem lauten Knall hinter sich zuwarf. Lino drehte sich zu seiner

Grossmutter um, die mittlerweile hinter ihm stand. „Königsvolk? Was sollte das denn?" Emma verdrehte übertrieben die Augen und winkte schliesslich mit einem Augenzwinkern ab: „Weiber!". Doch Lino war nicht nach Lachen zumute.

Siebenunddreissig

Nervös ging Ladun auf der Brustwehr auf und ab. Immer wieder warf er dabei abwechselnd einen Blick auf den undurchdringlichen Wald auf der einen, und auf seine wartenden Krieger auf der anderen Seite. Von den beiden Spähern war noch immer nichts zu sehen, obwohl sie längst zurück sein sollten. Schliesslich wandte er sich an den Mann zu seiner Rechten: „Schick zwei von ihnen los, sie sollen bis zu den Weissen Zwillingen vordringen, und wenn sie nichts finden, auf direktem Weg wieder hierher kommen. Der Mann lief rasch eine schmale Treppe hinunter, die in den Innenhof führte und wandte sich an eine Frau und einen Mann, um die Befehle weiter zu geben. Sofort wurde das Burgtor geöffnet und die beiden verliessen in schnellem Galopp auf dem Rücken ihrer Pferde die sichere Festung.
Neben Ladun standen auf der Brüstungsmauer an die hundert von den kleinen Wesen. Sie waren auf die gleiche Art gekleidet, wie Ladun und die Armee im Burghof, hatten aber als einzige Waffe jeweils Bogen und Köcher auf dem Rücken. Eines dieser Wesen war auffallend grösser als die Anderen und hatte einen grimmigen Gesichtsausdruck. Ausserdem trug es nebst Bogen und Köcher ein grosses Schwert und eine kleine Axt, die beide im Waffengürtel an seiner Taille steckten. Ladun wandte sich nun an ihn: „Pan, verteilt die Hälfte eurer Krieger im Wald. Falls ihr etwas

seht, lasst es uns wissen und wenn es irgendwie möglich ist, versucht sie aufzuhalten." Pan wandte sich an seine Krieger und ohne ein weiteres Wort ging knapp die Hälfte seiner Krieger auf die linke Seite des Walls, wo ein dünnes Seil bis auf den Waldboden gespannt war. Einer nach dem anderen rutschten sie dieses nun herunter und verschwanden im Wald, wo sie sich schon bald Laduns Blicken entzogen. Mit ihrer dunklen Haut und ihren grünen Haaren waren sie zwischen den Bäumen und Sträuchern perfekt getarnt. Pan wandte sich wieder an Ladun und legte ihm beruhigend die Hand auf die Schulter.

Gebannt blickten Pans Krieger in den Wald. Ihren ausschliesslich grünen Augen entging nicht die kleinste Bewegung und ihre grossen runden Ohren waren in der Lage, selbst die leisesten Geräusche wahrzunehmen. Aber sie konnten Nichts entdecken. Die beiden Reiter, die Ladun losgeschickt hatte, hatten zweifellose ihre Spuren hinterlassen, aber das war auch schon alles. Es war praktisch windstill, und seltsamerweise, waren alle Vögel verstummt. Einzig ein Falke kreischte über ihnen, dem die Wesen mit Freude zuwinkten.
Die beiden Reiter hatten mittlerweile ein gutes Stück des Weges zurück gelegt, und so stiegen sie schliesslich ab, um den Rest des Weges zu Fuss zurückzulegen. Dabei stellten sie sich äusserst geschickt an, sodass sie kaum ein Geräusch machten. Die Frau war bereits ein paar

Schritte vorausgegangen, als sie hinter sich plötzlich, kaum wahrnehmbar hörte, wie ein Schwert aus seiner Scheide gezogen wurde. Sie drehte sich um und sah ihren Begleiter, der mit gespreizten Beinen und erhobenem Schwert einige Schritte von ihr entfernt stand und gebannt in den Wald starrte. Nun zog auch die Kriegerin ihr Schwert und lauschte aufmerksam. Sie konnte nichts hören, aber ihre Sinne waren aufs Äusserste gespannt und sie fühlte, dass etwas näher kam, das nicht in diesen Teil des Waldes gehörte. Die Kriegerin und ihr Begleiter bemerkten es gleichzeitig. Der Boden unter ihren Füssen vibrierte. „Pferde!", flüsterte der Krieger. Die Kriegerin nickte, steckte schliesslich ihr Schwert wieder ein und legte sich flach auf den Boden und lauschte. Es war nun deutlich zu spüren, dass die Reiter immer näher kamen, obwohl sie noch ein gutes Stück entfernt waren. Und offenbar hatten sie es sehr eilig. Sie warf einen Blick zurück zu der Stelle, an der sie die kleinen Kriegerwesen vermutete. „Denkst du, sie haben es auch gehört?" Ihr Begleiter nickte. „Ihnen entgeht nichts."
Etwas weiter entfernt, war Bewegung in die kleinen Krieger gekommen. Obwohl sie viel zu weit entfernt von den feindlichen Reitern waren, spannten sie ihre Bogen und hielten Ausschau nach irgendetwas Verdächtigem. Schliesslich liessen drei von ihnen ihre Bögen sinken und rannten so schnell sie konnten zurück zur Burg. Sie waren nur noch ein paar

Meter vom rettenden Burgtor entfernt, als ein Reiter vor ihnen aus dem Gebüsch brach. Entsetzt prallten sie zurück und liefen wie aufgeschreckte Hühner in verschiedene Richtungen davon. Die anderen Wesen mit den gespannten Bögen zielten nun allesamt auf den Reiter, der ihren Kameraden gefährlich nahe kam. Zu ihrem Entsetzen mussten sie mit ansehen, wie er einen der drei Flüchtenden einfach von seinem Pferd zertrampeln liess und den Zweiten mit seinem Schwert aufspiesste. Der brutale Reiter zügelte sein Pferd und hielt Ausschau nach dem dritten kleinen Krieger, doch dieser hielt sich nur wenige Meter entfernt gut versteckt in der Wurzelhöhle eines umgestürzten Baumes auf. Er versuchte nicht zu atmen, doch sein Herz schlug so heftig, dass er dachte, der Reiter würde es bestimmt hören. Noch immer mit dem aufgespiessten Wesen auf seinem erhobenen Schwert, drehte der Reiter schliesslich ab und sprengte durch den Wald davon. Der kleine Krieger wartete noch einen Augenblick in seinem Versteck, bis er schliesslich herausgekrochen kam und zurück zur Burg rannte, um Ladun und seine Wächter zu warnen.

Die Kriegerin stand wieder auf und zog einer Vorahnung folgend ihr Schwert, und dies keine Sekunde zu früh. Einige Meter entfernt sprengte der Reiter mit unglaublicher Geschwindigkeit durch den Wald. Entsetzt schlugen Laduns Krieger die Hände vor den Mund, als sie sahen, was der Reiter mit seinem Schwert aufgespiesst hatte. Der Mann machte sich daran, den Reiter zu verfolgen, doch die Frau hielt ihn zurück. „Du kennst unsere Befehle wir müssen zurück gehen. Sei froh, dass er uns und die Burg nicht entdeckt hat. Oder bist du wirklich so scharf auf einen Kampf mit Despers Meuchlern?" Schliesslich steckten beide ihr Schwert wieder ein und gingen zurück zu ihren Pferden, wo sie auch schon auf die in den Baumwipfeln wartenden kleinen Wesen trafen. Als diese die beiden Reiter sahen, liessen sie endlich ihre Bögen sinken und gemeinsam gingen sie zurück zur Burg. Sie gingen allesamt langsam. Vorerst war die Gefahr gebannt.

Achtunddreissig

Als es an der Tür klingelte, fuhr Lino vor Schreck wieder einmal zusammen und stiess sich dabei den Kopf an der niedrigen Decke. Zu allem Überfluss verfing sich dabei auch noch eine klebrige Spinnwebe in seinen Haaren und er machte laut fluchend einige Schritte rückwärts, wobei er gegen einen Stapel Holzkisten stiess, die mit lautem Getöse zu Boden fielen. Borvin, der auf einer Decke gleich neben der Tür lag, hob nicht einmal den Kopf und würdigte Lino keines Blickes. *Hund müsste man sein.* Borvin hatte offensichtlich kein Interesse an einseitiger Konversation und drehte sich missmutig ab. *Ja, du mich auch.* Lino wischte sich den Staub von den Kleidern, lief so schnell er konnte die Treppe hoch und ging zur Haustür. „Hallo alter Freund ich bringe dir... Wow. Was ist denn mit dir passiert?", fragte James und musterte ihn von oben bis unten. „Keller", sagte Lino nur und starrte sein Gegenüber an. „Was willst du hier?" „Hausaufgaben", sagte James und drückte Lino einen Stapel Bücher und Blätter in die Hand. „Wenn du dazu eine Frage hast, weisst du ja wo du mich findest." Offenbar ging es James genauso wie Lino; beide hatten den Streit des vergangenen Abends noch nicht vergessen. Lino schloss die Haustür und legte den Stapel Hausaufgaben ohne auch nur eines Blickes zu würdigen auf die Hutablage der Garderobe und ging wieder in den Keller.

Er stemmte die Hände in die Seiten und sah sich prüfend um. Er versuchte sich vorzustellen, wie er seine Suche nach Sena antrat und was er dazu benötigte. Sein Bauch knurrte zustimmend, doch Lino dachte nicht daran, seinem Hungergefühl nachzugeben. Er würde sich an dieses Gefühl gewöhnen müssen. Da er nicht wusste, wohin ihn seine Reise führen würde und wie lange er unterwegs sein würde, konnte er nur das Nötigste mitnehmen. Um Wasser brauchte er sich keine Gedanken zu machen. Es war Spätherbst und regnete mittlerweile fast jeden Tag. Ausserdem floss der Fluss, der Bridgewood von seinem Nachbardorf Aerterton trennte, auch noch einen guten Teil durch den Wald, auch wenn Lino nicht genau wusste, bis wo. Essen würde er für einige Tage mitnehmen, vor allem Knäckebrot und Trockenfleisch. Auch um Borvin machte er sich keine Gedanken. Er war inzwischen wieder fast der Alte, jedenfalls was seine körperliche Stärke anging. Erneut musterte er nachdenklich seinen Hund. Zu gerne hätte er ihn einfach danach gefragt. Und obwohl er sich mittlerweile sicher war, dass Borvin seine Gedanken nicht nur lesen, sondern sogar verstehen konnte, schien dies umgekehrt nicht auf ihn zuzutreffen. Schliesslich wandte er sich wieder seinem Vorhaben zu, alles Nötige bereit zu legen, dies alles in den doch eher mittelgrossen, wasserdichten Militärrucksack seines Vaters zu packen und dabei auch noch an alles zu denken. Der Rucksack war bereits bis zum Zerreissen gespannt, als ihm einfiel, dass er weder einen Schlafsack noch einen Regenschutz hatte. Er würde seinen Kumpel James fragen müssen. Bei dieser Gelegenheit würde er sich auch gleich mit ihm aussprechen können, und vielleicht würde er ihn ja sogar begleiten.

Neununddreissig

Vorsichtig klopfte Lino an der Tür zu James Zimmer. Dessen Mutter hatte ihn, wenn auch mit einem zugleich vorwurfs- als auch mitleidsvollen Blick reingelassen. "Verdammt was...", schrie James und riss die Tür auf. Als er Lino erblickte, wechselte seine wütende Fratze kurz zu einem freudigen Lächeln, nur um sich gleich darauf in eine noch wütendere Grimasse zu verziehen. "Was willst du denn hier?" "Ich rum..." Lino war so baff über James Wutanfall, dass er nur Unzusammenhängendes vor sich hin brabbelte. Sein Freund sah ihn mit schräg gelegtem Kopf grübelnd an, bis sich schliesslich ein schadenfreudiges Grinsen auf seinem Gesicht breit machte. Er klopfte ihm freundschaftlich auf die Schulter und zog ihn mit sich ins Zimmer. Lino schaute sich verwundert um. Sein sonst so penibel aufgeräumtes Zimmer war total chaotisch. Überall lagen Kleider und herausgerissene Seiten aus irgendwelchen antik aussehenden Büchern, die in grossen Stapeln auf seinem Schreibtisch standen, dessen Tischplatte sich unter dem enormen Gewicht der Bücher schon gefährlich durchgebogen hatte. "Ist doch alles schon vergessen, Kumpel." Lino musste einen Moment nachdenken, bis er realisierte, dass die Worte ihm galten. Er lächelte pflichtschuldig und streckte James die Hand hin, die er sofort ergriff und kurz schüttelte. "Was treibst du..." "Hey was hattest du eigentlich im Keller zu tun?", unterbrach ihn James rasch. Lino setzte sich auf den einzig freien Platz am Boden und fing an zu erzählen. James hörte ihm aufmerksam zu und unterbrach ihn nur selten um eine Zwischenfrage zu stellen. Als Lino seine Erklärungen beendet hatte und er erneut auf das Chaos in seinem Zimmer ansprechen wollte, sagte James: "Ich finde, du solltest noch warten." "Wie meinst du das?" "Naja, bis dein Fuss wieder geheilt ist und du... naja... ein paar mehr Informationen könnten nicht schaden, oder?" Lino blickte ihn nachdenklich an. "Wahrscheinlich du hast recht, aber ich wurde gerade suspendiert, falls du das vergessen hast und hätte gerade gut Zeit. Ausserdem mache ich mir echte Sorgen um Sena und möchte nicht mehr langer warten. "Was ist denn mit Alda? Vielleicht kann sie dir noch mehr Informationen geben, schliesslich hat sie einige Zeit mit deinem Vater zusammengearbeitet. *Bilde ich mir das nur ein, oder klingt James irgendwie ein bisschen traurig?* Lino nickte und stand auf. "Begleitest du mich, wenn ich in zwei Tagen aufbreche?" James tat für einen kurzen Moment so, als müsste er überlegen. "Schule schwänzen um mit meinem besten Freund das Abenteuer unseres Lebens zu erleben und dabei seine kleine Schwester zu retten?" Er nickte. "Ich bin dabei." Lino bat James noch, einen Schlafsack sowie Regenschutz für ihn zu organisieren und verabschiedete sich. Er musste dringend mit Alda reden.

Vierzig

Als Lino James' Haus verliess, sah er sich erstaunt um. Er war länger bei seinem Freund gewesen als er angenommen hatte, denn mittlerweile war es dunkel und merklich kälter geworden. Er zog die Kapuze seines Sweatshirts über seinen Kopf, steckte die Hände in die Taschen und machte sich auf den Weg zum Geschäft seines Vaters. Mit schlechtem Gewissen dachte er an Borvin, der auch dieses Mal zu kurz kam mit seinem Abendspaziergang. Lino ging durch die einsamen Strassen von Bridgewood und blickte sich aufmerksam um. Bis auf ein paar hell erleuchtete Fenster, hinter denen Eltern mit ihren Kindern zu Abend assen, war das Dorf praktisch ausgestorben. Wehmütig sah sich Lino die verschiedenen Familien in ihren gemütlichen Häusern an. Wie gerne hätte auch er eine ganz normale Familie. Seufzend ging er weiter, als ihm plötzlich in den Sinn kam, dass seine Grossmutter wohl auch mit dem Abendessen auf ihn warten würde und sich bestimmt schon wieder darum sorgte, wo ihr Enkel abgeblieben war. Er fummelte sein Handy aus der Tasche und rief sie an. Es klingelte. Und klingelte weiter. Als Lino schon fast die Hoffnung aufgegeben hatte, seine Grossmutter zu erreichen, meldete sie sich mit heiserer Stimme: „Hh..hallo?" „Hallo Grossmutter. Ich bin's. Lino. Ist alles in Ordnung?" „Oh hallo mein Grosser. Jaja alles Bestens. Wo steckst du denn?" „Ich war doch bei James' und wir haben uns wieder vertragen, aber jetzt muss ich noch kurz was erledigen. Bin spätestens in einer Stunde wieder da." „Oh das freut mich aber, dass ihr euch wieder vertragen habt. Er ist sooo ein guter Junge." „Jaa Omi, dann bis später, ja?" „Ohh.. ja. Kein Problem. Ich stelle dir das essen warm und lasse noch kurz den Hund raus. Ach und Lino?" „Ja?" „Grüss das Mädchen von mir!" und mit diesen Worten hängte sie auf. Lino starrte verwundert auf sein Telefon. *Woher zum Teufel sollte sie wissen, dass ich Alda besuchen will? Oder meinte sie gar Lynn? Als ob ich nach der seltsamen Aktion von ihr Letztens, noch irgendetwas mit ihr hätte zu tun haben wollen.* Kopfschüttelnd verstaute er das Handy wieder in seiner Jackentasche und blieb abrupt stehen. Er war bereits vor dem Steinhauergeschäft angekommen, doch das Schaufenster war leer. Er drückte seine Nase an die Scheibe, konnte aber ausser ein paar undeutlichen Schemen irgendwelcher Steinfiguren nichts erkennen. Da erst fiel ihm ein kleiner Zettel auf, der an der Tür angeklebt war und im Wind lustig tanzte. Er ging näher und las: „Das Steinhauergeschäft bleibt bis auf Weiteres wegen dringender Erledigungen geschlossen. In dringenden Fällen melden Sie sich via...." Und darunter waren zwei Telefonnummern notiert. Eine Festnetz- und eine Mobilnetznummer. Sicherheitshalber tippte er beide Nummern in sein Handy ein und speicherte sie unter dem Namen „Miss Geheimnisvoll" ab. Er schmunzelte, drehte sich ab und hätte beinahe laut aufgeschrien. Hinter ihm stand ein dürrer Mann und starrte ihn an. Er war etwa so gross wie Lino, hatte strähniges Haar, das einmal Blond gewesen sein könnte und er roch nach Alkohol und Zigarettenrauch. Er packte Lino mit erstaunlicher Kraft an beiden Armen und sagte mit seltsamem Akzent: „Woo.. issst diee Fffrauuu vom Laadennn?" Sein fauliger Atem streifte Linos Gesicht und ihm wurde übel. Vergeblich versuchte er sich loszureissen. Der Dürre hatte erstaunlich viel Kraft und hielt ihn mit eisernem Griff fest. „Ich ähhh...", stammelte er. „Wer?" „Diiee Fffrauuu vom Laadennn." Lino atmete kurz durch und sagte dann: „Ohhh. Sie ist nicht da." Der Fremde starrte ihn ungläubig an und liess ihn endlich los. Erschöpft lehnte er sich gegen das Schaufenster und sein Atem ging rasselnd. Obwohl er Lino mehr als unheimlich war, tat er ihm irgendwie leid und er sagte: „Aber sie hat hier auf dem Zettel zwei Telefonnummern hinterlassen." Er riss den Zettel ab und streckte ihn dem Dürren hin. „Rufen sie sie doch einfach an." Der Fremde funkelte ihn böse an. „Aaaberrr du kannnssst doch nicchhht einfachhh ssso den Zettelll abreisssen." Lino starrte ihn verdutzt an. „Oh. Machen sie sich darum mal keine Sorgen. Das Geschäft gehört meinem Vater und ich werde gleich morgen persönlich einen neuen Zettel an die Tür kleben." Der immer noch leise hustende Mann hob mit einer ruckartigen

Bewegung den Kopf und schaute ihn mit seinen trüben Augen prüfend an. „Dein Vater?" sagte er. Plötzlich war seine Stimme kräftig und hatte einen... fast schon angenehmen Klang. Lino nickte. „Ja. Ich bin Lino Fallon." „Sssso sssso ein Fallon alssso. Traurige Geschichte mit deinem Vater. Ich habe ihn gut gekannt." Lino musterte ihn von oben bis unten. Unter seiner verhärmten und ausgedörrten Schale, erkannte Lino einen Mann, der durchaus einmal sympathisch hätte sein können. Jetzt war er nur noch alt und ungepflegt. „Aber die Frau kann doch nicht so einfach weggehen. Sie muss es doch fertig machen. Es fertig machen. Ich sterbe bald."

Es folgte eine längere Pause „Wir waren einmal richtig gute Freunde, dein Vater und ich", redete der Fremde weiter. Lino bezweifelte das, sagte aber vorsichtshalber nichts. Geistesabwesend starrte der Mann auf den Boden. Lino hielt ihm erneut den Zettel hin und nach einer Weile, die Lino wie eine halbe Ewigkeit vorgekommen war, riss ihm der Dürre den Zettel aus der Hand, machte so etwas wie eine angedeutete Verbeugung soweit es ihm sein krummer Rücken zuliess und ging dann mit staksenden, unsicheren Schritten von Dannen. Die Kirchenuhr schlug und Lino glaubte erst, sich verhört zu haben. Doch dann hörte er ganz deutlich, wie der Mann die Anfangsmelodie von „Hells Bells" vor sich hin summte. Lino blickte ihm kopfschüttelnd nach. Nun wusste er auch, wer dieser komische Kauz sein könnte. Es war der Kunde, der den AC/DC-Grabstein bei Alda in Auftrag gegeben hatte.

Einundvierzig

Kurz bevor das kleine Wesen aus Pans Kriegerschar das sichere Burgtor erreichte, brach es vor Erschöpfung zusammen. Sofort öffnete sich das Tor und sechs ebenso kleine Wesen, allesamt mit grünen Haaren und Augen eilten zu ihm. Zwei von Ihnen flankierten die restlichen Vier und hatten ihre kleinen Bögen gespannt. Sie packten ihren erschöpften Kameraden und trugen ihn hinter den sicheren Wall. Ladun kam, dicht gefolgt von Pan die Treppe herunter und kniete sich vor den kleinen Kriegern hin. Immer wieder versuchte das vor Erschöpfung heftig atmende Wesen seine Augen zu öffnen. Schliesslich gelang es ihm sogar, sich kurz aufzurichten. Es klammerte sich an Laduns linke Hand und sagte mit hoher, brüchiger Piepsstimme: „Reiter. Nur Einen gesehen. Er kam und hat einen von uns einfach von seinem Pferd zertrampeln lassen. Und den Anderen... den Anderen hat er einfach... einfach aufgespiesst und MITGENOMMEN!" Das letzte Wort hatte er fast geschrien, nur um dann umso erschöpfter in die Arme seiner Kameraden zurück zu sinken. Entsetzt schlugen sich die anderen kleinen Wesen die Hände vor die offenen Münder. Ladun erhob sich und dabei fiel sein Blick auf Pan, der mit geballten Fäusten und grimmiger Miene hinter ihm stand. „Lass ihn mich jagen. Dieser Frevel soll nicht ungestraft bleiben. Ich..." Ladun brachte ihn mit einer herrischen Geste zum Verstummen. Er wandte sich an die anderen Wesen: „Holt Euren kleinen Freund und dann werden wir sehen, was wir für ihn tun können." „Das wird nicht nötig sein", sagte eine feste Frauenstimme hinter ihm. Ladun und Pan drehten sich gleichzeitig um. Mittlerweile waren auch die beiden Krieger mit dem Rest des kleinen Kriegertrupps zurück gekehrt. Die Frau trug ein Bündel auf dem Arm. „Wir haben ihn bereits mitgenommen. Es war nichts mehr zu machen." Unter den Wesen und auch unter den Kriegern auf der Brüstung erscholl ein Wehklagen, dass es jedem Zuschauer das Herz zerrissen hätte. Die Frau wandte sich ab und in stillem Trauerzug folgten ihr die grünhaarigen Wesen. Ladun wandte sich an den Krieger. „Was ist passiert?" „Tendo. Vielleicht sogar Desper selbst." „Bist du sicher?" Der Krieger nickte ernst. „Er trug eine rote Rüstung und auf seinem Umhang prangte das Wappen von Dekadia." Bei diesen letzten Worten spuckte er aus und Pan und einige der Wächter auf dem Burgwall taten es ihm gleich. Trotz seines angegrauten Haars sprang Ladun behände auf einen Stapel Holzscheite und rief mit fester Stimme: Ihr, die ihr mir immer treu ergeben wart, ihr habt es gehört. Despers Schergen schänden wieder unseren heiligen Boden und begehen Frevel an den reinsten Geschöpfen unserer Welt. Die Geschichte beginnt also von vorne. Doch dieses Mal...", er stiess sein Schwert in die Luft, "werden wir das Ende selbst schreiben!" Sämtliche Kriegerinnen und Krieger, ja selbst die übrig gebliebenen kleinen Wesen und auch Pan erhoben ihre Waffen oder ihre geballten Fäuste und brüllten zustimmend. „Ich werde einen Trupp von fünfzehn Kriegern zum Nemorowald schicken. Informiert sie darüber, was hier passiert ist und erbittet um Unterstützung." „Wir werden sie brauchen", murmelte Pan neben ihm. „Ausserdem", hob Ladun erneut seine Stimme „ausserdem brauche ich Krieger, die sich freiwillig für eine Mission melden, von der ihr mit grosser Wahrscheinlichkeit nicht alle zurückkehren werdet. Sobald sich mindestens fünf Freiwillige gemeldet haben, erläutere ich euch weitere Einzelheiten. Pan trat einen Schritt vor und sagte mit vor stolz geschwellter Brust: „Ich melde mich freiwillig." Ladun schüttelte den Kopf und schaute seinen alten Freund traurig an. „Du kannst nicht mitgehen. Du weisst genau, dass du viel zu wichtig für uns bist und wir dich brauchen. Für dich ist eine weitaus wichtigere Aufgabe vorgesehen."

Zweiundvierzig

Langsamen Schrittes ging Lino durch den dunklen Kerker. Ein übler Gestank nach Blut, Urin und Erbrochenem hing in der Luft. Und nach Krankheit. Ohne zu wissen, wonach er suchte, blieb er bei jeder Kerkertür stehen und schaute durch das vergitterte Fenster das so klein war, dass er nur knapp eine Hand hätte hineinstecken können. Einige der Zellen waren leer, in anderen sassen verwahrloste Gestalten. Sie hatten alle strähniges langes Haar, sodass es Lino schwer fiel, Männer und Frauen zu unterscheiden. In einigen Zellen erblickte Lino zu seinem Entsetzen ganze Familien. Die meist noch sehr kleinen Kinder blickten ihn aus flehenden Augen an, doch das Geräusch seiner Stiefel auf dem nackten Steinboden war das Einzige weit und breit. Lino ging weiter und kam schon bald zu einer steinernen Treppe, die tiefer in das Kerkerverlies führte. Er zögerte kurz, ob er weitergehen sollte. Schliesslich zog er seinen Pullover über die Nase und ging die Treppe runter. Den durchdringenden Verwesungsgeruch der ihm von unten entgegen wehte, nahm er kaum wahr.

Das untere Ende der Treppe war nur von einer einzigen Fackel beleuchtet, der Rest lag im Dunkeln. Kurz überlegte er sich, ob er die Fackel mitnehmen sollte, entschied sich dann aber dagegen. Er hörte ein leises Wimmern, das von der rechten Seite an sein Ohr wehte.

Er wollte schon in diese Richtung gehen, da drang ein Flüstern an sein Ohr. Lino blieb mit klopfendem Herzen stehen und lauschte. Das Blut in seinen Ohren rauschte und er konnte kaum etwas hören. Gerade als er sich wieder in Richtung des Wimmerns drehte, hörte er erneut ein kaum wahrnehmbares Flüstern. Er tastete sich weiter der Wand entlang. Immer wieder spürte er unter seinen Fingern die morschen Holzbretter der Kerkertüren, doch er wagte es nicht mehr einen Blick in die Zellen zu werfen. Je weiter er sich von der Fackel entfernte, desto dunkler wurde es und bald musste er sich ganz auf seinen Tast- und Hörsinn verlassen. Seine Finger strichen über etwas Schleimiges Warmes und Lino zog angewidert und rasch die Hand zurück. Er versuchte sein pochendes Herz zu beruhigen und sich abzulenken. Es blieb bei dem Versuch. Er hob nun die linke Hand an die gegenüberliegende Wand und tastete sich weiter vor. Plötzlich, griff er ins Leere. Er machte vorsichtshalber einen Schritt zurück und tastete mit der rechten Hand der Wand entlang. Auch hier griffen seine Finger nach einer kurzen Strecke ins Leere. Er liess sich zu Boden sinken und stellte bestürzt fest, dass auch der Boden knapp vor seinen Füssen abrupt endete. Er scharte mit seinem Fuss und kickte ein paar lose Steine in den Abgrund. Es ging lange, bis er die Steine unten aufprallen hörte. Zu lange. Und der Aufprall der Steine klang seltsam dumpf. So, als wären sie auf etwas Weichem gelandet.

Da erklang wieder das Flüstern. Diesmal war es so nah, dass Lino das Gefühl hatte, jemand würde direkt neben ihm stehen. Ein eiskaltes Schauern lief seinen Rücken hinunter und er wäre am liebsten in greller Panik davon gerannt. Er wandte seinen Kopf nach rechts und ging einige Schritte an der Wand zurück, bis seine Finger wieder auf morsche Balken stiessen. Er positionierte sich genau dort, wo er das Kerkerfenster vermutete und atmete tief durch. Schliesslich zog er eine Taschenlampe aus der Tasche und liess sie aufleuchten. Mit einem lauten Schrei prallte er zurück, als er sah, was sich im schummrigen Licht der sterbenden Batterie befand. Dicht hinter dem kleinen Kerkerfenster sah er das Gesicht eines Mannes, der mehr tot als lebendig wirkte. Seine Augen waren trüb und blickten ihn traurig und vorwurfsvoll zugleich an. Er stank nach Krankheit und Tod und seine Lippen waren nichts mehr als vertrocknete, blutleere Striche. Ein trockenes Husten erklang und Lino machte einen Schritt auf die Tür zu. Der Mann sah an ihm vorbei und murmelte: „Mein Sohn... oh mein Sohn. Was hast du nur getan? Du hättest nie herkommen sollen." Ein weiterer Hustenanfall unterbrach seinen schwach gemurmelten Protest. „Verstehst du es denn nicht?" Lino schüttelte den Kopf, konnte aber nichts sagen. In seinen Eingeweiden rumorte es und seine Lippen fühlten sich an wie zugeklebt. „Sie haben sie. Sie werden sie genauso quälen wie mich und es wird doch nichts bringen. Weil sie es nicht verstehen. Verstehst du es, mein Sohn? Sie verstehen es nicht. Und sie werden es nicht akzeptieren. Sie haben sie. Sie haben Sena!"

Lino schrak aus seinem Alptraum auf und blieb mit klopfendem Herzen auf der Bettkante sitzen. Borvin gähnte auffällig und legte ihm dann seinen grossen Kopf aufs Knie. Geistesabwesend streichelte Lino seinen vierbeinigen Freund und blickte auf seinen Wecker. Halb zwei. Genau wie bei Sena, bevor sie verschwunden war.
Einer Eingebung folgend stand Lino auf und trat ans Fenster. Er musste zweimal hinsehen um zu begreifen, dass wieder das schwache Leuchten eines Lagerfeuers im dunklen Wald aufglühte. Es war allerdings an einer anderen Position als die beiden letzten Male und war ungleich schwächer. Gebannt starrte er auf das sachte Flackern. Es hatte etwas Beruhigendes an sich. Borvin trottete neben ihn, setzte sich auf seinen Fuss und blickte ihn erwartungsvoll an. *Morgen mein Junge.* Er tätschelte ihm den Kopf. *Morgen gehen wir Sena suchen.* Borvin bellte zustimmend.

Dreiundvierzig

Wütend schlug Terza ihre Faust auf den Tisch. Ihre dunklen Augen funkelten Ladun böse an. „Wie kannst du es wagen, dich einfach über mich hinwegzusetzen und eine solche Mission anzuordnen?" Ladun verschränkte die Arme vor der Brust und sagte nichts. Pan räusperte sich und trat einen Schritt vor. „Verzeihung Königin, aber ich denke doch, dass er nur nach bestem Gewissen gehandelt hat." Terza erhob sich von ihrem Stuhl und ging unruhig in dem grossen Saal auf und ab. Ihre Schritte hallten laut von den Wänden wieder, doch ausser einem gelegentlichen Knistern des Feuers, war es mucksmäuschenstill. Schliesslich seufzte sie, straffte die Schultern und sagte: „Ich meine ja auch nicht, dass es eine schlechte Idee ist. Aber so etwas muss im grossen Rat besprochen werden." Wieder räusperte sich Pan. „Verzeihung, wenn ich erneut das Wort an Euch wende, Herrin. Uns bleibt keine Zeit für lange Besprechungen. Wie viel Zeit würde vergehen, wenn ihr den grossen Rat zu einem Treffen einberufen würdet? Einen Monat? Zwei? In dieser Zeit sammelt sich die Feuerarmee und wird immer stärker. Dies ist kein normaler Krieg. Es geht um das Schicksal von uns Allen. Es ist an der Zeit, dass sich Waldläufer, Menschen, Trolle, Wächter, Catula und Falken zusammenschliessen und gemeinsam gegen die Herrschaft von Dekadia vorgehen." Einige der Anwesenden, der

Kleidung nach alles Kriegerwächter von Ladun, murmelten zustimmend. Terza hob die Hand und augenblicklich verstummten alle. „Ihr habt recht, Pan. Doch ihr wisst auch, was das bedeutet. Ihr müsst zurück auf den Schattenpass und eure Arbeit wieder aufnehmen. Ihr seid nun wichtiger denn je."
Pan nickte grimmig. Sie wandte sich an Ladun und sagte: „Stellt sicher, dass ihr nebst den beiden Missionstruppen, noch einen Sicherheitstrupp für Pan zusammenstellt. Und ausserdem sollen ihn zwei Jungschmiede aus Trollheim begleiten." Pan wollte etwas dazu sagen, doch Terza schnitt ihm Augenblicklich das Wort ab. „Keine Diskussion Pan. Ihr werdet alle Kraft brauchen und es ist schon lange an der Zeit, dass ihr euer Wissen an die nächste Generation weitergebt. Bevor es zu spät ist."
Pan verneigte sich vor Terza, Ladun und den Kriegern und verliess den Saal.
Ladun gab einigen seiner Leute Befehle und rasch verliessen sie alle die Halle. Er setzte sich auf seinen Stuhl neben Terza und ergriff ihre Hand. Sie liess es einen kurzen Augenblick zu, doch dann entzog sie ihm ihre Hand und stand auf. Sie ging zu einer kleinen Seitentür neben dem Kamin und blieb dann noch einmal stehen. Traurig schaute sie Ladun an und verschwand dann mit den Worten:
„Tu das nie wieder."

Vierundvierzig

Etwas Nasses klatschte in Linos Gesicht. Als er sich erhob merkte er, dass Borvin neben ihm auf dem Bett lag und sein Gesicht ableckte. *Igitt Borvin lass das.* Schnell sprang er auf und voller Freude merkte er, dass sein Fuss nicht mehr schmerzte. *Pfui, böser Hund.* Borvin legte den Kopf auf Linos Kissen und tat so, als würde er schlafen. Lino konnte nicht anders, er musste einfach lachen. Er setzte sich wieder neben seinen Hund und streichelte das weiche weisse Fell auf seiner Flanke. *Ob ich wohl irgendwann hinter dein Geheimnis kommen werde?* Borvin blickte ihn vielversprechend an. Gedankenverloren streichelte Lino weiterhin seinen Hund, bis er schliesslich aufstand und ans Fenster trat. Enttäuscht stelle er fest, dass es in Strömen regnete und starker Wind liess die Äste eines nahen Baums an Linos Fenster peitschen. *Tolles Wetter um nach draussen zu gehen.* Zustimmend packte Borvin Linos Decke und zog sie sich bis über den Kopf. Lachend schüttelte Lino den Kopf und ging nach unten. Mit klopfendem Herzen ging er in die Küche, wo seine Grossmutter schon das Frühstück vorbereitet hatte. Jetzt war der Moment gekommen, wo er seiner Grossmutter in seine Pläne einweihen musste. Emma blickte ihn strahlend an und gab ihm einen Kuss auf die Wange. „Hallo mein Grosser. Set dich doch. Du musst hungrig sein." „Omilein?" „Ja?" „Ich muss dir etwas sagen."

Mit einem lauten Knall stellte Emma die Tasse auf die Anrichte. Sie atmete tief durch und drehte sich zu ihm um. Ein gequältes Lächeln erschien auf ihrem Gesicht. „Musst du nicht. Ich weiss schon Bescheid." Und bevor Lino etwas dazu sagen konnte fuhr sie fort: „Ich hab gehört, wie du mit Borvin geredet hast." Ihr Blick fiel auf Borvin, der soeben in die Küche gekommen war. Er setzte sich neben Lino auf den Boden und schaute Emma mindestens genauso erwartungsvoll an wie Lino. Sie lächelte traurig. „Ich kann dich verstehen. Auch wenn ich wünschte, du würdest nicht gehen. Aber wenn jemand Sena finden und zurück bringen kann, dann bist du es. Ich bin froh, dass James und Borvin dich begleiten. In der Zwischenzeit bleibt mir nichts anderes übrig, als inständig darauf zu hoffen, dass wenigstens einer von euch zu mir zurück kehren wird."

Dankbar umarmte Lino seine Grossmutter und schweigend frühstückten sie. Lino musste sich beherrschen, dass er nicht zu viel in sich rein stopfte Als sie fertig waren, räumte Lino den Tisch ab und ging anschliessend nach oben ins Badezimmer. Er duschte ausgiebig, rasierte sich anschliessend und blickte sich dann prüfend im Spiegel an. Schliesslich schnitt er sich mit dem Haartrimmer die Haare auf 3mm und ging zurück in sein Zimmer. Unter seinem Bett lag der zur Hälfe vollgepackte Rucksack. Er packte Taschenlampe, mehrere Stoff-Taschentücher, und Fernglas ein und ging anschliessend zurück ins Badezimmer. Er griff sich jedes Medikament, dass er irgendwie brauchen konnte, nur um dann festzustellen, dass sein Rucksack bereits jetzt relativ schwer war. Also packte er Hustensirup, Sportsalbe und alles was er nicht unbedingt brachte wieder aus, nahm dafür aber noch ein grosses Frottiertuch mit. Dann ging er hinunter in die Vorratskammer und packte einige Dosen Suppe und Ravioli ein. Prüfend ging er alles nochmal durch, um dann noch eine leere Feldflasche und ein zusammenfaltbarer Napf für Borvin einzupacken. Unentschlossen nahm er die Feldflasche wieder aus dem Rucksack und füllte auch sie mit Wasser. Er liess seinen Rucksack in der Küche liegen und wollte gerade Futter für Borvin in einen Plastiksack füllen, als er die Tür zuschlagen hörte. Er schaute aus dem Fenster und sah Emma, die mit ihrem Einkaufskörbchen in Richtung Dorf lief. *Ob ich sie wohl je wiedersehen werde?* Einige Minuten stand er einfach dort am Fenster und dachte über seine Familie nach. *Werde ich Sena finden? Und was wird mich auf meiner Reise alles erwarten? Ob es gefährlich wird? Schaffe ich es, bis zum nächsten Semester wieder gemeinsam mit Sena in Bridgewood zu sein?*

„Halloooo, jemand zu hause?" Emma fuchtelte wild vor Linos Augen auf und ab und packte ihn an der Schulter. Er musste länger vor sich hin geträumt haben, als ihm zuerst bewusst war. „Tschh... tschuldigung. Ich war so in Gedanken." „Ja, habe ich gemerkt. Ich hab dir noch ein bisschen Reiseproviant mitgebracht." Vor Lino auf dem Tisch lagen zwei Säckchen Nussmischung, ein etwas grösserer Sack mit getrockneten Aprikosen und vier Päckchen Trockenfleisch. Ausserdem hatte Emma zwei kleine Salami und ein grosses Brot gekauft und daneben lag ein grosser Bund noch grüner Bananen. Emma nahm sie in die Hand und sagte: „Du wirst sie brauchen, dein Fuss ist bestimmt noch nicht wieder ganz heil und Magnesium hat noch nie geschadet, wenn man eine Wanderung vor sich hat." Dankbar fiel Lino seiner Grossmutter erneut in die Arme. Er wollte sie am liebsten gar nicht mehr loslassen. Schliesslich löste sie sich mit sanfter Gewalt aus seiner Umarmung und wischte sich verstohlen die feuchten Augen. Sie seufzte. „Hör Mal. Du weisst ja, Verabschiedungen sind nicht so mein Ding. Ich werde deine Mutter besuchen und wenn ich wieder zurück bin, wirst du wahrscheinlich schon unterwegs sein." „Wirst du es ihr erzählen?" „Vorerst noch nicht. Aber sobald es ihr etwas besser geht, werde ich ihr selbstverständlich alles erzählen." Lino nickte und schluckte schwer. „Danke für alles." Liebevoll strich ihm Emma über das kurze Haar. Schliesslich nahm sie Mantel und Tasche und verliess das Haus durch die

Küchentür. Im Vorbeigehen strich sie auch Borvin liebevoll über den Kopf und flüsterte ihm etwas zu. Borvin bellte einmal kurz, Emma warf Lino einen letzten Blick zu, bevor sie ihn schliesslich strahlend, aber mit hängenden Schultern in der Küche zurück liess.

Fünfundvierzig

Mitten im Wald stand eine junge Frau und blickte sich mit klopfendem Herzen um. Sie lauschte angestrengt, doch das seltsame Geräusch wiederholte sich nicht. Vielleicht hatte sie es sich auch nur eingebildet. Sie war jetzt schon drei Tage unterwegs, hatte nur wenig Schlaf bekommen und offenbar ging gerade ihre Fantasie mit ihr durch. Wenn sie alle Zeichen und Hinweise richtig gedeutet hatte, lauerte hier keine Gefahr auf sie. In ihrer braunen Hose steckte ein kleines Messer, das sie nun herauszog und kampfbereit in der Hand hielt. Obwohl es stark regnete, zog sie die Kapuze von ihrem dunklen gelockten Haar und liess ihre Blicke über die Baumkronen schweifen, deren Blätter in den schönsten Rot-, Orange- und Gelbtönten sanft im Wind schaukelten. Wieder glaubte sie aus den Augenwinkeln eine Bewegung wahrzunehmen, aber als sie sich schnell in die entsprechende Richtung drehte, konnte sie nichts Verdächtiges entdecken. Ihr Herz klopfte jetzt so laut, dass sie bestimmt auch dann nichts gehört hätte, wenn eine Horde Höllenhunde neben ihr durch den Wald gelaufen wäre. Schliesslich zwang sie sich dazu, einige Male tief durchzuatmen und tatsächlich entspannte sie sich langsam. Obwohl sie immer noch sehr aufmerksam und angespannt war, setzte sie nun einen Fuss vor den anderen und nach einer Weile, in der sie nichts Auffälliges mehr gehört oder gesehen hatte, zog sie sich die Kapuze wieder über den Kopf und ging weiter. Immer wieder blickte sie auf ihren Kompass, doch sie schien instinktiv in die richtige Richtung zu laufen. Erneut führte sie ihr Weg an einen kleinen Fluss. Sie war sich nicht ganz sicher, ob es immer der gleiche Fluss war, aber es war ihr auch egal. Sie ging einige Schritte an den Fluss hinunter, bis ihre Füsse knapp das Wasser berührten. Den Dolch legte sie auf einen Stein neben sich und schöpfte mit beiden Händen das kalte, klare Flusswasser. Mit gierigen Schlucken trank sie, als sie erneut das seltsame Kreischen vernahm. Blitzschnell packte sie das Messer und führte es in die Richtung, aus der das Geräusch an ihre Ohren gedrungen war. Hinter ihr Platschte es leise und sie konnte gerade noch verhindern, dass ihr Kompass weggespült wurde. "Na toll, jetzt hat der auch noch einen Wasserschaden." Sie drehte sich erneut um und erstaunt stellte sie fest, dass auf einem Baumstrunk, nur ein paar Schritte entfernt von ihr, ein kleiner brauner Vogel sass.

Er musterte sie mit seinen stechenden gelben Augen, schien aber überhaupt keine Angst vor ihr zu haben. Langsam erhob sie sich, das Messer hielt sie immer noch in kampfbereiter Haltung in der rechten Hand. Der Vogel legte seinen Kopf schräg und beäugte sie misstrauisch, bewegte sich aber nicht von der Stelle. Einige Augenblicke starrten sich die beiden ungleichen Waldbesucher an, bis die Frau schliesslich einen kleinen Stein nach dem Vogel warf. Blitzschnell duckte er sich unter dem Stein weg und flatterte wütend mit den Flügeln, um sein Gleichgewicht nicht zu verlieren. Er dachte aber nicht daran, wegzufliegen. Schliesslich steckte sie das Messer wieder ein und ging mit erhobener Hand auf ihn zu. Er schaute sie gespannt an, und als sie nur noch einige Zentimeter Distanz zu ihm hatte, hielt sie gespannt inne. Der Vogel legte den Kopf schräg und schliesslich schob er seinen Kopf leicht nach vorne, bis ihre Fingerspitzen seine Kopffedern berührten. Die junge Frau getraute sich nicht, sich zu bewegen und so blieb sie stocksteif stehen und musterte den Vogel interessiert. Es war ein kleiner, aber wunderschöner Wanderfalke. Sie lächelte und hatte auf einmal Tränen der Rührung in den Augen. Noch nie hatte sie so etwas Schönes und Bewegendes erlebt, wie diese Begegnung mit dem Falken.

Sie sagte: „Hallo mein Freund" und zog ihre Hand zurück. Der Falke stiess einen schrillen Pfiff aus und erhob sich mit schnellen Flügelschlägen in die Luft. Er flog einige Schritte davon, blieb dann aber erwartungsvoll auf der gleichen Stelle fliegend am Himmel stehen. Die Frau starrte ihn verblüfft an, schüttelte dann den Kopf und sagte: „Na schön, ich muss sowieso in die gleiche Richtung. Und ohne funktionierenden

Kompass könnte es schwierig werden. Ich folge dir." Der kleine Wanderfalke kreischte zustimmend und mit ungläubigem Blick, aber erleichtert, dass sie nicht mehr alleine war, folgte ihm die junge Frau durch den herbstlichen Wald.

Sechsundvierzig

Er verstaute gerade den Proviant seiner Grossmutter in den bis zum zerreissen gespannten Rucksack, als sein Handy klingelte. Er ging hinüber zu der Ladestation und nahm ab: „Hallo?" „Hey Kumpel ich bin's." „Hi James. Was geht ab?" „Najaaa ich wollte fragen, wann du los willst." „Hmm jaaa, eigentlich wollte ich ja heute gehen, aber bei dem Wetter... Aber länger warten will ich auch nicht. Was hältst du davon, wenn wir uns bei der Kirche treffen, sobald es aufgehört hat zu regnen?" „Ok, und was ist wenn es erst um Zwei Uhr nachts aufhört?" „Dann gehen wir eben dann los. Hauptsache wir sind nicht schon am ersten Tag innert 5 Minuten Pitschnass." „Gut, dann bis später. Und Lino?" „Ja?" „Wir werden deine kleine Schwester bestimmt finden, mach dir keine Sorgen." Lino sagte nichts dazu und stellte das Telefon zurück auf die Ladestation. Er ging ins Büro seiner Eltern, ein Raum den er sonst nie betrat. Alles daran erinnerte ihn an seinen Vater. Die dicke Staubschicht auf allem verriet ihm, dass auch seine Mutter schon lange nicht mehr hier gewesen war. Er schnappte sich Kugelschreiber und Notizblock. Falls er nicht mehr zurück kehren würde, wollte er für seine Mutter und Grossmutter wenigstens etwas hinterlassen. Als er beide Briefe fertig geschrieben hatte, ging er wieder ins Büro und legte Notizblock und Kugelschreiber an genau die selbe Stelle, an der er sie vorhin genommen hatte. Es sah aus, als wäre er nie hier drin gewesen. Zufrieden schaute er sich ein letztes Mal um und wollte gerade wieder die Tür hinter sich schliessen, als sein Blick auf eine eingerahmte Karte an der Wand fiel. Er schaltete die kleine Schreibtischlampe ein, die erst nach protestierendem Flackern anging und sah sie sich genauer an. Es war eine Karte vom Stundenforst. Sie musste unglaublich alt sein. Sie war an vielen Stellen eingerissen und teilweise so ausgebleicht, dass man kaum noch etwas erkennen konnte. Lino nahm die Karte von der Wand und löste behutsam den Rahmen ab. Verwundert stellte er fest, dass sie laminiert war. Aufmerksam liess er seinen Blick darüber wandern, aber er konnte nichts Aussergewöhnliches feststellen. Aus der Küche vernahm er das Piepsen seines Telefons, das Zeichen dafür, dass der Akku vollständig aufgeladen war. Lino rollte die Karte zusammen und steckte auch sie in den Rucksack. Draussen dunkelte es bereits ein, es musste schon später Nachmittag sein. Zu seiner grossen Freude stellte er fest, dass der Regen nachgelassen hatte. Er zog sich warm an, nahm seinen Rucksack und leinte Borvin an. Dieser sah missmutig zu ihm auf. *Komm schon Junge. Nur bis wir im Wald sind, danach mache ich dich bestimmt los.* Wir gehen noch schnell zum Bäcker und holen uns Knäckebrot für die Reise. Er blickte sich ein letztes Mal im Haus um und schloss dann die Tür hinter sich.

Ein kalter Windhauch liess Lino erschaudern, als er mit einem grossen Pack Zwieback aus der Bäckerei trat. Obwohl es nun gar nicht mehr regnete, war es draussen sehr kalt und feucht. Fröstelnd steckte Lino den Kopf zwischen die Schultern und zog sich die Kapuze über den Kopf. *Komm Junge, wir gehen James abholen.* Er zog Borvin sanft an der Leine, doch der rührte sich nicht von der Stelle. Irritiert blieb Lino stehen und blickte in die Richtung, in die auch Borvin angespannt starrte. Er konnte nichts Ungewöhnliches entdecken. *Komm jetzt, sonst kommen wir heute nicht einmal mehr bis zum Wald.* Borvin schnaubte missmutig, setzte sich schliesslich jedoch in Bewegung. Er war erst einige Schritte gegangen, doch seine Nase fühlte sich bereits schmerzhaft kalt an. Er blieb stehen, nahm seine dunkelgrüne Mütze aus dem Rucksack und zog sie sich über die mittlerweile schon rot gewordenen Ohren. *Na toll, ich hoffe, wir haben Sena gefunden, bevor der Winter einbricht.* Erneut blieb Borvin stehen und noch bevor sich Lino umdrehen konnte, hörte er eine ihm vertraute Stimme: „Hey Fallon. Bleib sofort stehen." Lino blieb tatsächlich stehen, zögerte jedoch einen Moment, ob er sich überhaupt umdrehen sollte. Erstens mochte er es gar nicht, wenn man ihm irgendetwas befehlen wollte und zweitens wusste er ganz genau, zu wem die Stimme gehörte. Schliesslich drehte er sich doch noch um und sagte: „Was willst du, Lynn?" Er versuchte so gut wie möglich, sein Erstaunen über ihre Kleidung zu verbergen. Sie trug kniehohe schwarze Stiefel, dazu einen sehr kurzen Rock, der auf der Seite hoch geschnitten war und aussah, als sei er aus starkem, braunem Leder. Oben trug sie ein weisses Hemd und darüber eine Art Korsage aus dem gleichen braunen Leder. Ihre Haare waren streng nach hinten gebunden und um den Hals trug sie eine grosse Kette. Sie sah atemberaubend aus. Wie aus einer anderen Welt. Sie drehte sich langsam um sich selbst und sagte: „Na, gefällt dir, was du siehst?" Borvin knurrte leise und Lino spürte plötzlich einen starken Zug an der Leine. „Nein", sagte er leise. „Es gefällt mir nicht. Ich steh' nicht auf Kampfschlampen." Ihre Züge erstarrten und dann verzog sich ihr Mund zu einem hämischen Grinsen. „Toll", sagte sie. „Ich steh auch nicht auf Wanderer." Plötzlich blitzte etwas in ihrer Hand auf und gerade als Lino erkannte, dass sie einen kleinen Dolch gezogen hatte, riss sich Borvin los und stürzte sich auf sie. *Borvin nicht! Bleib hier!* Doch zum ersten Mal überhaupt, reagierte Borvin nicht. Lynn stellte sich breitbeinig auf und bereitete sich auf den Angriff vor. Ein schriller Pfiff durchschnitt die unheimliche Stille. Borvin blieb mitten im Lauf stehen und drehte sich um. Lino und Lynn sahen in die gleiche Richtung. Am Ende der Strasse, direkt vor Linos Elternhaus und kaum sichtbar stand Emma. Sie hatte ihre Handtasche auf den Boden fallen lassen und stand in kampfbereiter Haltung da. Erstaunt riss Lino die Augen auf. Er hatte seine Grossmutter noch nie so energisch und entschlossen gesehen. Sie fixierte Borvin und schüttelte kaum merklich den Kopf. Er drehte sich nun vollends zu ihr um und schaute sie erwartungsvoll an. Langsam und in gespannter Haltung kam Emma näher. „Grossmutter, was machst du denn?" Sie blieb stehen und starrte weiterhin Borvin an. Es schien, als führten sie eine stille Konversation, die niemand ausser ihnen hören konnte. Dabei kam sie langsam näher, doch gerade als sie zu Lino aufgeschlossen hatte, veränderte sich etwas. Lino konnte nicht genau sagen woran es lag, aber er spürte auf einmal, dass Gefahr drohte. Aufmerksam musterte er Lynn, doch sie hatte die Hand mit dem Dolch sinken lassen und schien eher interessiert als kampfbereit. Und sie schien die Situation fast zu geniessen. Plötzlich duckte sich Borvin und legte die Ohren flach an den Kopf. Ohne Vorwarnung sprang er los, und diesmal ignorierte er den Pfiff von Emma. Dort, wo vor ein paar Minuten noch Emma am Ende der Strasse gestanden hatte, tauchte auf einmal eine Frau auf, die auf dieselbe seltsame Weise wie Lynn gekleidet war und ihr auffallend ähnlich sah. In der einen Hand trug sie eine brennende Fackel und in ihrer anderen Hand blitze ein Dolch auf, doch Borvin lief weiter auf sie zu. Im gleichen Moment lief auch Lynn los und stürzte sich mit einem lauten Schrei auf Emma. Lino rührte sich nicht. Verzweifelt überlegte er, was er tun sollte. Mit Entsetzen wurde ihm klar, dass er unmöglich beide retten konnte.

Die Frau am anderen Ende der Strasse nutzte die Ablenkung und warf die brennende Fackel mit einem gezielten kräftigen Wurf in ein Fenster, das sofort zu Bruch ging und in Linos Elternhaus ging augenblicklich alles in Flammen auf. Im selben Moment ging Emma getroffen zu Boden und blieb reglos liegen. Lino riss sich aus seiner Erstarrung und stürzte sich seinerseits auf Lynn. Ein wildes Handgemenge brach los und bevor er richtig merkte, was eigentlich los war, hatte Lynn ihn schon am Boden festgenagelt und hielt ihm den seltsam geformten Dolch, der grünlich schimmerte, an die Kehle. Sie war unglaublich stark. Lino erstarrte und sein Widerstand brach. Er drehte so gut es ging den Kopf. Emma lag direkt neben ihm. Sie war ohnmächtig und blutete am Kopf. Borvin konnte er nicht sehen, doch er hörte ihn Bellen und Knurren und Lynns Mutter immer wieder wütend aufschreien. Aus den Augenwinkeln sah er, dass das Feuer bereits auf den oberen Stock übergegriffen hatte und es loderte grell aus den nach und nach berstenden Fenstern. Nur mit Mühe konnte er seine Panik niederkämpfen. *Passiert das ge-*

rade wirklich? Oh Gott, wie sehr ich hoffe, dass das alles nur ein böser Traum ist. Mit gepresster Stimme sagte er: „Was genau willst du eigentlich?" Lynn erhöhte mit ihren Knien den Druck auf Linos Brust, sodass er nur noch schwer atmen konnte. „Denkst du wirklich, ich würde zulassen, dass du deine kleine dumme Schwester suchen gehst?" Er riss erstaunt die Augen auf. „Sena? Was weisst du darüber?" „Mehr als du glaubst. Du hast schon genug herumgeschnüffelt, wir werden es nicht zulassen, dass du dem Grosskönig in die Quere kommst." „Gross... was? Wovon zum Teufel redest du eigentlich?" Bevor Lynn antworten konnte, tauchte von hinten wie aus dem Nichts ein grosser Schatten auf und riss sie von Lino herunter. „Was fällt dir ein, du Miststück." Verschwommen registrierte Lino, dass James gekommen war. „James, pass auf, sie hat ein Messer!" Lynn liess ihm keine Sekunde Zeit, das eben Gehörte zu verarbeiten. Mit einem wilden Kampfschrei stürzte sie sich auf ihn und in einem verbitterten Kampf gingen sie zu Boden. James umklammerte Lynns Messerhand mit ganzer Kraft. Er lag auf dem Rücken; Lynn ihrerseits rücklings auf ihm. Er schlang seine Beine von hinten um Lynns Oberschenkel und zog sie auf sich. Lynn kämpfte wie ein Tier und James hatte alle Mühe sie unter Kontrolle zu halten. Benommen rappelte sich Lino auf und ging auf das am Boden liegende Knäuel, das Lynn und James bildeten zu. Er drückte

Lynns Beine mit aller Macht zu Boden und James nahm sie in den Würgegriff. „Verdammt" keuchte er. „Was ist denn hier los?" „Keine Ahnung, sie sind plötzlich hier aufgetaucht und haben uns angegriffen." „Wir werden euch aufhalten. Ihr habt keine Chance geg..." Mit einer hastigen Bewegung legte James seine Hand auf Lynns Mund und liess sie verstummen. Ein lauter Schrei erklang, und James und Lino drehten schnell ihre Köpfe. Borvin hatte sich in Mrs. Riddens Bein verbissen und schüttelte sie heftig. Die zierliche Frau hatte gegen den neunzig Kilo schweren Hund keine Chance. "Du meine Güte", keuchte James. "Brennt da etwa dein Haus?" Die Ablenkung liess James und Lino unaufmerksam werden; Lynn ergriff ihre Chance und riss sich los. Sie trat Lino mit dem Absatz mitten ins Gesicht und hieb James das Knie zwischen die Beine. Beide blieben verletzt am Boden liegen und Lynn lief so schnell sie konnte davon. Borvin liess Mrs. Riddens Bein los und rannte zu Lino. Er schob sich unter Linos rechten Arm und half ihm so, sich aufzurichten. Sein Kopf dröhnte. Hinter ihnen warf grelles, oranges Licht von dem brennenden Haus lange, lodernde Schatten durch die nächtliche Strasse. Ein auf brutale Art und Weise unglaublich beeindruckender Anblick, den Lino nie vergessen würde. Er drehte sich ab und soweit er erkennen konnte, war Emma immer noch ohnmächtig und Lino sah gerade noch, wie Mrs. Ridden so schnell sie konnte in die Dunkelheit davon lief.

James erhob sich mit schmerzverzerrtem Gesicht und rannte hinter Lynn her. Er war viel schneller als sie und hatte sie schnell eingeholt. Er packte sie an der Schulter und riss sie herum; Lynn zögerte keine Sekunde und liess ihre Hand mit dem Dolch nach vorne schnellen. James erstarrte mitten in der Bewegung und blieb wie vom Donner gerührt stehen. Dann geschah alles gleichzeitig. Lynn flüchtete erneut, Lino lief so schnell er konnte zu seinem Freund und Borvin nahm die Verfolgung auf, doch Lynn kam nicht weit. Wie aus dem Nichts tauchte plötzlich ein Auto auf und rammte Lynn mit voller Wucht. Sie flog mehrere Meter durch die Luft und landete schliesslich mit einem hässlichen knackenden Geräusch auf der harten Strasse. Ein Mann stieg aus und eilte zu ihr, doch Lino interessierte sich nur für seinen Freund. James lag zusammengekrümmt auf dem Boden vor ihm und atmete schwer. Lino legte ihn in eine stabile Seitenlage, nahm seine Hand und sah sofort den dunklen Fleck, der sich auf seiner Jacke ausbreitete. „Oh Gott bitte nicht. James? James, kannst du mich hören?" Mit schwacher, zittriger Stimme antwortete er: „Ich wäre so gerne mitgekommen." „Du wirst mitkommen, es ist gar nicht so schlimm." „Verdammt, sie hat meine Jacke ruiniert." „Shhh sei still, es wird alles wieder gut." Verzweiflung kroch wie eiskalte Spinnenbeine seinen Rücken hinauf und er sah sich um. Er hatte den Mann erkannt, der Lynn angefahren hatte. Es war Dr. Brack. Er kauerte noch immer über ihr und schien sie zu untersuchen. Plötzlich versteifte sich James. Das weisse seiner Augen trat hervor und er schien keine Luft mehr zu bekommen. „James, James was ist mit dir?" Er versuchte seinen Puls zu fühlen, doch James schüttelten nun heftige Krämpfe. „Doktor Brack. Kommen sie her. Schnell!" Dr. Brack löste sich sofort von Lynn und kam auf sie zu gerannt Borvin legte sich neben James und versuchte ihn damit wohl zu beruhigen. Dr. Brack hielt den Dolch von Lynn in der Hand und Lino zuckte erschrocken zurück, doch er liess ihn augenblicklich fallen und untersuchte James eingehend. „Gift", murmelte er. „Was?" Dr. Brack nahm erneut den Dolch in die Hand und musterte ihn nachdenklich. „Ich glaube er ist vergiftet." Lino sprang auf. „Fragen wir sie!" Er deutete auf Lynn die noch immer mit verrenkten Gliedern auf der Strasse lag. Dr. Brack schüttelte den Kopf. „Sie ist tot Lino." „Oh", sagte Lino ohne echtes Bedauern in der Stimme. Er wandte sich wieder zu James um und nahm erneut seine Hand. Sie war eiskalt und er erwiderte seinen Händedruck nicht. „Können sie ihn retten?"

Siebenundvierzig

Dr. Brack legte Lino eine Hand auf die Schulter, drückte sanft zu und sagte: „Es sieht sehr schlecht für deinen Freund aus, Lino. Das Gift wirkt unglaublich schnell, die Vergiftung ist also weit fortgeschritten und solange ich nicht weiss, worum es sich genau handelt, kann ich ihm kein Gegengift injizieren." „Dann bringen sie ihn ins Krankenhaus!" „Er würde den Transport dorthin nicht überleben und ich bin nicht sicher, ob mein Auto überhaupt noch fährt. Der Zusammenstoss war sehr... heftig." Lino schloss die Augen. *Nein, nicht James, das darf einfach nicht sein. Nicht so und nicht jetzt.* Emma stöhnte auf und Dr. Brack wandte sich nun ihr zu, um sie gründlich zu untersuchen. „Sieht nach einer leichten Gehirnerschütterung aus. Ein paar Tage Ruhe und sie wird wieder ganz die Alte sein." Er schaute Lino an und untersuchte auch noch seine Nase. „Du hattest ganz schönes Glück. Sie ist nicht gebrochen." „Glück? Mein bester Freund liegt im Sterben und sie reden von Glück?" Dr. Brack senkte den Kopf. „Tut mir leid. So habe ich das natürlich nicht gemeint. Was ist denn hier eigentlich passiert?"
Bevor Lino etwas sagen konnte, ertönten auf einmal mehrere Sirenen. Sie waren sehr nah und Lino war sich nicht sicher, ob es Polizei-, Feuerwehr- oder Amulanzsirenen waren. „Ich musste sie rufen, weil ich den Unfall verursacht habe. Sie werden gleich hier sein." „Sie

meinen ich soll..." „Du sollst gehen, ja. Wir haben hier zwei Tote, die beide eine Verbindung zu dir haben. Willst du das wirklich der Polizei erklären?" Lino senkte den Blick und musterte seinen Freund. Seine Augen waren geschlossen und er atmete nicht mehr. James war gestorben und Lino hatte es nicht einmal gemerkt. Ein lauter Schrei, voller Wut, Trauer und Verzweiflung entrang sich seiner Seele und Borvin heulte zustimmend mit. Stumme Tränen rannen sein Gesicht herunter. Er glaubte kaum, was gerade passiert war. Sein bester Freund, einfach tot? „Lino", sagte Dr. Brack eindringlich. „Du solltest jetzt wirklich gehen." Er zeigte auf das Ende der Strasse, wo bereits die Polizeilichter aufflackerten. Lino nahm den Rucksack von James und band ihn auf Borvins Rücken fest. Dann packte er Emma an den Armen. „Was soll denn das? Du kannst sie doch hier lassen, ich kümmere mich schon um sie." „Ja ich weiss Dr. Brack. Aber hier gibt es nichts mehr für sie. Es ist mir lieber wenn sie bei mir ist." Dr. Brack nickte zustimmend und half ihm, sich die zierliche Emma über seine Schultern zu hieven und klopfte ihm zum Abschied auf den Rucksack. Lino warf einen letzten Blick zurück und verschwand dann so schnell wie möglich mit Borvin in den Schatten. Sie schlichen durch einige Gärten und versteckten sich dann unweit in einer dunklen Garageneinfahrt, von wo aus sie das Geschehen mitverfolgen konnten. Gleich drei Polizeifahrzeuge und ein Sanitätsfahrzeug kamen angefahren. Sofort stiegen Polizisten und Sanitäter aus und kümmerten sich um die am Boden liegenden Personen. Schon bald legten sie ein Tuch über die Leiche von Lynn und als einer der Sanitäter mit einem zweiten Tuch zu James hinging, wurde es Lino zu viel. Rasch wandte er sich ab. Borvin lag still neben ihm und schaute ihn mit seinen grossen braunen Augen treuherzig an. Gedankenverloren streichelte er seinen Kopf. Die Welt um ihn herum schien stillzustehen. Er hatte es nie geglaubt, doch jetzt wo er dem Tod ins Auge geblickt hatte, sah er alles noch einmal vor sich. Er sah sich und James, als sie sich als kleine Jungen zum ersten Mal getroffen hatten. Er sah James, der seinen Kopf aus dem Baumhaus in seinem Garten steckte und wie er Lino jedes Mal freudig zuwinkte, wenn er ihn besuchen kam. Oft waren sie stundenlang in diesem Baumhaus gesessen und hatten sich Gruselgeschichten erzählt, bis sie sich beide nicht mehr nach draussen gewagt hatten und sie James' Mutter holen musste. Er erinnerte sich daran, wie er und James bei einem Spiel der Mighty Ducks ihre Liebe zum Eishockey entdeckten, wie sie zusammen zum ersten Training gingen und Coach Furrer schliesslich bekannt gab, das Lino die Position des Linken und James die des rechten Verteidigers einnahm. Die Bilder der rauchenden Jungentoilette kam ihm wieder in den Sinn, als sie James' Vater Zigarren geklaut hatten und diese anschliessend in der Schule geraucht hatten. Der Feueralarm war damals ausgebrochen und alle hatte verzweifelt nach dem Feuer gesucht. Lino und James' war es an diesem Tag so schlecht geworden, dass sie danach nie wieder geraucht hatten. Er dachte an ihren letzten Streit, und daran, wie sie sich vor zwei Tagen wieder versöhnt hatten. James war mehr für ihn gewesen als nur ein Freund. Er war wie ein Bruder gewesen und bestimmt hätten sie zusammen eine Menge Spass gehabt, auf der Suche nach Sena. Ein herannahendes Löschfahrzeug der Feuerwehr riss Lino aus seinen Erinnerungen. Geräuschvoll zog Lino die Nase hoch und erhob sich schliesslich. *Komm schon Borvin wir sollten gehen. Bevor sie zurückkommen.* Emma war noch immer ohnmächtig und zitterte am ganzen Körper. Lino zog sich seine Jacke aus und legte sie Emma zusätzlich um die Schultern. Solange er sie tragen musste, würde ihm sowieso nicht kalt werden. Erneut hob er sie auf seine Schultern und gemeinsam gingen er und Borvin in Richtung des Waldes davon. Hinter ihm wurde der Lärm des sterbenden Hauses und die Rufe von Polizei und Feuerwehr immer leiser, bis Lino sie irgendwann nicht mehr hören konnte.

Er war so gedankenverloren vor sich hergelaufen, dass er gar nicht bemerkt hatte, wie sie Bridgewood hinter sicher gelassen hatten und nun bei den ersten Bäumen angekommen waren. Es war mittlerweile tiefschwarze Nacht und Linos Magen knurrte. Da stand er nun also vor dem Wald und wusste nicht recht, was er als Nächstes tun sollte und er wusste auch nicht, in welche Richtung er laufen sollte. Borvin war einige Schritte vorausgegangen und bellte zweimal. So schnell es ging, schloss Lino zu ihm auf. Er stand vor einer kleinen Waldhütte, die er noch nie zuvor gesehen hatte. Vergeblich versuchte er sich zu erinnern, wann er das letzte Mal in diesem Wald gewesen war. Die Tür war abgeschlossen, doch das sollte ihn nicht daran hindern, hineinzugelangen. Mit einem kräftigen Tritt öffnete er die Tür. Ein Schwall abgestandener Luft schlug ihm entgegen. Lino konnte dies nur recht sein. Offenbar war schon längere Zeit niemand mehr hier gewesen und heute Nacht würde sicherlich niemand mehr auf die Idee kommen, ein Fest in dieser Waldhütte zu veranstalten. Rasch ging er hinein, legte Emma auf eine hölzerne Bank und schob seinen Rucksack unter ihren Kopf. Er schloss die Tür hinter sich und zog einen schweren Holzstuhl davor. So würde er es wenigstens hören, falls doch noch jemand Lust auf Party haben sollte. Er suchte den Lichtschalter, betätigte ihn jedoch ohne Erfolg. Also kramte er aus James' Rucksack eine Taschenlampe hervor und sah sich in der spartanisch eingerichteten Hütte um.

In der Mitte stand ein grosser Tisch aus unbehandeltem Holz und neben der Bank, auf der Emma friedlich schlief und leise schnarchte, standen einige dreibeinige Stühle. Es gab mehrere Fenster, gesäumt von rot-weiss karierten Vorhängen, die jedoch allesamt von Aussen mit Brettern verriegelt waren. In einer Ecke gab es einen Kamin, indem noch die Asche des letzten Feuers lag und eine kleine Kochnische mit einem Gasherd. Alles war von einer dicken Staubschicht bedeckt. Lino ging zu einem der Fenster und riss kurz entschlossen die Vorhänge herunter, um Emma damit zu zudecken. Borvin beobachtete ihn aufmerksam. Schliesslich riss Lino auch noch den zweiten Vorhang herunter und legte ihn auf den Boden. Sofort kam Borvin angetrottet und legte sich darauf. Lino nahm seinen Schlafsack und legte ihn neben Borvin auf den Boden. Kurz überlegte er, im Kamin ein Feuer zu entfachen, doch er hatte Angst, dass ihn die Polizei dann finden und mitnehmen würde. Sicherlich hatten sie einige Fragen an ihn, bezüglich des Brandes und zum Tod von Lynn und James sowieso. Unerwartet, aber mit voller Wucht traf ihn der Schmerz über den Verlust seines Freundes mitten ins Herz. Er konnte kaum begreifen, dass sich sein Leben in den letzten zwei Monaten so einschneidend verändert hatte. Er sah sein brennendes Haus vor sich und dicke heisse Tränen kullerten über sein Gesicht.

Achtundvierzig

Mit grimmigem Gesichtsausdruck, aber wachsamen Auges ging ein seltsames Wesen durch den Zwielichtigen Wald. Kaum grösser als ein Kind, aber von sehr kräftiger Statur, wäre es sofort jedem aufgefallen, der ihm begegnete. Doch glücklicherweise war es bisher nur einem scheuen Dachs begegnet, der sofort das Weite gesucht hatte. Auf dem gebeugten Rücken trug es einen Jutesack, der fast genauso gross wie das Wesen selbst war. Darüber hing ein kostbar verzierter Schild und in seinem breiten Gürtel aus schwarzem Leder steckten eine kleine Axt und ein gezackter Streitkolben. Quer über seiner Brust prangte ein prächtiges Breitschwert, auf dessen Klinge drei ineinander verschlungene Runen eingeprägt waren. In seinen Händen trug es eine kleine Flöte aus dunklem Holz, auf der es eine fröhlich-wehmütige Melodie blies Seine Augen waren auf den Horizont gerichtet und so ging es seiner Wege, bis es gegen Mittag auf einen kleinen Wildbach stiess. Es steckte die Flöte in eine Tasche seiner grünen Hose; zog sich Schuhe, Wams und Bluse aus und legte seinen Jutesack daneben auf den Boden. Nur mit beiden Waffengurten und Hose bekleidet, lief er schliesslich einige Schritte dem Bach entlang, bis er auf eine seichte Stelle stiess, an der er sich sogleich ins Wasser hinab sinken liess und erst einmal gierig einige Schlucke des kühlen Wassers trank.

Plötzlich richtete er sich kerzengerade auf. Seine scharfen Ohren vernahmen Hufgetrampel, wenn auch noch sehr weit entfernt. Hastig versteckte er seine Kleider im Gebüsch, ging zurück in den Bach und legte sich schnell flach hin. Er zog das Schwert aus seinem Brustgurt und ging unter der überhängenden Uferböschung in Deckung. Das Wasser war eiskalt und innert kürzester Zeit wurden Pans Hände kalt und taub. Er hob seine Schwerthand vorsichtig aus dem Wasser und sofort wurde es etwas besser. Das Hufgetrampel kam nun immer näher und Pan konnte den Schweiss der Pferde riechen. Sie donnerten der Uferböschung entlang, sodass sein instabiles Versteck erzitterte und haufenweise Erde und kleine Steinchen auf Pan herabregneten. Gerade als er dachte, die Gefahr wäre gebannt, hörte er, wie der vorderste der Reiter kehrt machte und zurück kam. Er stand nun genau über Pans Versteckt und die grasbedeckte Erde senkte sich unter dem Gewicht des Pferdes bedrohlich auf Pans Kopf und drohte, jeden Moment einzubrechen. Ein zweiter Reiter kam zurück und Pan musste sich nun mit aller Macht gegen den sich langsam absinkenden Boden stützen. „Was ist los, Herr?", fragte der zweite Ritter. Der andere Reiter wartete einen Augenblick, bevor er antwortete: „Riechst du das nicht?" Pan gefror das Blut in den Adern. Er hatte diese Stimme schon einmal gehört. Er schloss die Augen und versuchte so flach wie möglich zu atmen. "Es riecht nach Bergtroll." Pan sank das Herz in die Hose. Wie war es möglich, dass er ihn riechen konnte, wo er doch fast vollständig im Wasser war? Der Reiter stieg ab und landete mit einem lauten Platsch im Bach, direkt vor Pans Füssen. Pan erhob bereits schlagbereit sein Schwert, als der Reiter einige Schritte durch den Fluss machte und schliesslich auf der anderen Seite wieder ans Ufer kletterte. „Hier ist auch nichts, Herr", rief er über den Bach und Pan spürte, wie der Druck auf seinen Schultern zunahm. Der Reiter beugte sich über die herabhängende Erde und blickte in den Bach. So langsam wie möglich zog Pan seine Beine, die er mittlerweile kaum mehr spürte, an sich und hielt den Atem an. Es kam ihm vor wie eine Ewigkeit, bis sich der Reiter endlich wieder erhob und auf sein Pferd stieg, und auch der Andere durchquerte an einer etwas seichteren Stelle den Bach und sattelte auf. „Wir sollten weiter reiten, sonst verlieren wir die Anderen." „Du wartest hier. Such den ganzen Bach nach Hinweisen ab und komm nicht eher zurück, als bis du jeden Stein zweimal umgedreht hast. Du kennst den Weg auch ohne die Anderen." Der zweite Reiter wollte widersprechen, doch der Erste liess ihn kaum zu Wort kommen. „Wage es nicht, mir zu widersprechen. Hier ist etwas, und du wirst es für mich finden und vernichten." Und mit einem wilden Kampfschrei gab er seinem

Pferd die Sporen und ritt in donnerndem Galopp davon.

Der zurück gebliebene Reiter murmelte einige wüste Beschimpfungen vor sich hin, stieg schliesslich vom Pferd und kickte wütend einige Steine ins Wasser. Pan zermarterte sich das Gehirn, was er tun sollte. Am Besten wäre es wohl gewesen, einfach abzuwarten, bis der Reiter den Bach hinab gezogen wäre. Er hätte auch schwimmen können, doch er wollte seine Kleidung und seinen Jutesack auf keinen Fall zurücklassen. Ausserdem waren seine Beine schon ganz taub und sein massiger Kopf schmerzte, er konnte nicht mehr lange in dem eiskalten Wasser ausharren. Der Reiter kickte immer noch Steinchen ins Wasser und als er einen grossen Brocken direkt neben Pans linken Fuss warf, hätte Pan beinahe laut aufgeschrien Offenbar hatte sich der Reiter nun etwas beruhigt und Pan hörte deutlich, wie er langsam durchs Gras dem Ufer entlang davon schlich. Pan atmete erleichtert auf, doch genau in diesem Moment stürzte das aufgeweichte Grasdach über seinem Kopf ein und landete mit einem lauten Platscher auf Pan. Sofort schoss Pan aus dem Wasser und hechtete ans Ufer. Der Reiter stand nur einige Schritte von ihm entfernt, war aber so perplex über das plötzliche Auftauchen des schlammverschmierten Pan, dass er keine Zeit mehr hatte, sein Schwert zu ziehen. Sein Pferd lief in heller Panik davon und Pan stürzte sich mit lautem Gebrüll auf ihn. Geistesgegenwärtig sprang der Mann in den Bach und zog in derselben Bewegung sein Schwert, mit dem er den ersten Schlag von Pan erfolgreich abwehrte. Grimmig verzog Pan sein Gesicht. Das also meinte Ladun, als er Pan vor den Schergen des Grosskönigs warnte. Sie waren tatsächlich ausgezeichnete Krieger, doch Pan war besser. Sofort setzte er seinem ersten Schwerthieb einen Zweiten nach und traf den im Bach liegenden Reiter an der Schulter. Dieser schrie vor Schmerz auf, drehte sich aber blitzschnell zur Seite, sodass Pans dritter Schlag ins Wasser ging. Das aufspritzende Wasser nahm ihm kurz die Sicht; der Reiter packte seine Chance und trat Pan mit seinem Stiefel mitten in den Bauch. Schwer getroffen flog Pan nach hinten und schlug mit dem Kopf auf einem Stein auf. Der Schmerz explodierte hinter seiner Stirn, und doch riss er sein Schwert in die Höhe und parierte den nächsten und übernächsten Schlag. Er packte den Reiter am Handgelenk und hielt in eisern fest, doch dieser trat ihm mit voller Wucht vors Knie, sodass Pans Kniescheibe mit einem entsetzlichen Geräusch auf die Innenseite seines Beins gedrückt wurde. Pan sah von hinten eine grosse Welle herannahen, liess das Handgelenk seines Gegners los und liess sich von der Welle erfassen und einige Meter mittragen. Auch der Reiter wurde von der Welle getroffen, konnte sich allerdings an einer freigelegten Wurzel festhalten. Pan nutzte den Moment der Ablenkung und zog sich an einer seichten Stelle ans Ufer. Er schlug sich brüllend mit dem Knauf seines Schwerts gegen die Kniescheibe und sofort sprang sie wieder in die ursprüngliche Position zurück. Pan erhob sich, stellte zufrieden fest, dass er sein Bein wieder einigermassen belasten konnte und zog genau rechtzeitig seine Axt aus dem Waffengurt, denn der Reiter war nun auch ans Ufer geklettert und schlug erneut nach Pan, das Schwert fest in beiden Händen. Pan wehrte den Schlag mit seinem Schwert ab, doch die Wucht riss ihn erneut von den Beinen und er landete unsanft auf dem Rücken. Der Reiter keuchte vor Schmerz auf; Pan hatte ihm im Fallen die Axt in den Oberschenkel geschlagen. Eine Flut hellen Blutes drang zwischen seinen Fingern hervor und er sah ungläubig an sich herab. Alle Farbe war aus seinem Gesicht gewichen und obwohl, oder vielleicht genau weil er wusste, dass er an dieser Verletzung wahrscheinlich sterben würde, ergriff er erneut sein Schwert und griff Pan an. Er parierte den Schlag mit gekreuzten Waffen, packte den Reiter an den Schultern und warf ihn rückwärts in den Bach. Mit dem Kopf im Wasser und alle Viere von sich gestreckt, trieb der Reiter langsam flussabwärts und bald färbte sich das Wasser rot.

Neunundvierzig

Scheinbar endlos ging sie durch den Wald und fragte sich langsam ernsthaft, wie sie je wieder den Rückweg finden sollte. Noch immer folgte die Frau dem kleinen Wanderfalken und seit ihrer Begegnung hatte sie überhaupt nicht mehr auf den Weg geachtet. Sie hatte grundsätzlich einen guten Orientierungssinn, doch auch sie konnte nicht ohne einige Anhaltspunkte einfach so einen ihr unbekannten Weg finden. Sie blickte zum Himmel. Ganz weit oben, kaum mehr sichtbar, flog ihr Begleiter noch immer und liess nur ab und zu einen hohen Schrei hören, wenn er die Richtung wechselte. Die Frau dachte über ihr bisheriges Leben nach, und fragte sich, was sie alles vermissen würde, sollte sie tatsächlich nicht mehr zurück kehren. Sie war schon immer eine Einzelgängerin gewesen und so gab es eigentlich niemanden, der ihr fehlen würde. Ihre Arbeit machte sie nach bestem Wissen und Gewissen und sie war eine der wenigen Menschen, die sagen konnten, dass sie wirklich gerne arbeiteten. Sicherlich würde sie das kleine Atelier vermissen, doch sie konnte ihrer Arbeit auch anderswo nachgehen und musste dafür nicht zurück kehren. Es hatte mittlerweile aufgehört zu regnen, doch es wehte ein kalter Wind der durch sämtliche Kleidung zu dringen schien. Die Frau zog sich die Kapuze tiefer ins Gesicht um ihre bereits sirrenden Ohren zu schützen und steckte die Hände in

die Taschen. Über ihr kreischte wieder der Falke und beschrieb am Himmel eine scharfe Linkskurve. Sie blieb stehen und musterte den undurchdringlichen Wald vor ihr. Es war bereits später Nachmittag und die Bäume standen in mystischem Zwielicht da. Sie drehte sich nach links, wo die Bäume noch dichter beisammen standen und zweifelte erstmals an den Qualitäten ihres Navigators. Sie blickte zum Himmel, wo der Falke immer noch Kreise über den Himmel zog und ungeduldig pfiff und schrie. „Wie soll ich denn da durchkommen, kannst Du mir das mal sagen? Da stehen die Bäume ja noch dichter beieinander." Der Falke zog unbeirrt weiter seine Kreise am Himmel. „Na toll dann schweigst du eben, dir macht es ja nichts aus, du kannst über den Bäumen fliegen."
Sie setzte sich auf einen Stein, nahm ihre Trinkflasche und etwas Trockenfleisch aus ihrem Rucksack und studierte noch einmal ihren Kompass. Er hatte nun vermehrt Mühe, Norden genau zu bestimmen und sie fragte sich, ob sie es überhaupt bis hierher geschafft hätte, wenn sie sich nur auf ihren Kompass verlassen hätte. Sie nahm nur wenige Schlucke, weil sie nicht wusste, wann sie das nächste Mal an den Fluss kam und obwohl sie noch eine zweite Trinkflasche dabei hatte, wollte sie auf keinen Fall mehr als unbedingt nötig trinken. Sie wusste, dass nichts so wichtig war wie genügend Flüssigkeit zu sich zu nehmen. Schliesslich verstaute sie alles wieder in ihrem

Rucksack, sah noch einmal auf den Kompass, zog den Bauchgurt ihres Rucksackes ein bisschen enger und ging auf die eng stehenden Bäume zu. Noch einmal blickte sie nach oben, wo der Wanderfalke zustimmend kreischte und schliesslich zwängte sie sich an zwei besonders eng stehenden Bäumen hindurch und verschwand tiefer im Wald, als es ein normaler Mensch je freiwillig getan hatte.

Fünfzig

Wohlige Wärme umgab Lino. Er zog seinen Schlafsack über den Kopf und neben sich spürte er den warmen Körper seines Hundes. Für einen Moment war er glücklich, doch dann fielen ihm die Ereignisse des vergangenen Tages wieder ein, und sofort wurde sein Glücksgefühl massiv gedämpft. Er hörte ein Knacken und Zischen und richtete sich alarmiert auf. Er brauchte einen Moment um zu begreifen, wo er war. Ein flackerndes Licht erhellte die Waldhütte und eine zierliche Frau stand mit dem Rücken zu ihm am Feuer. Er räusperte sich und Emma drehte sich um. Sie war bleich und trug einen Verband um den Kopf, sah aber ansonsten unversehrt aus. „Alles in Ordnung?", fragte er sie. Sie nickte und streichelte mit ihrer Hand sanft über ihren Kopf. „Nur ein bisschen Kopfschmerzen. Ich mache gerade Frühstück." Lino schaute zur Kochnische, wo in einer kleinen Pfanne etwas vor sich hin schmorte. Es roch herrlich nach Hühnerbrühe und Lino merkte auf einmal, dass er unglaublich hungrig war. Er schaute sich in der Hütte um. Als er das brennende Feuer bemerkte, hampelte er sich so schnell wie möglich aus seinem Schlafsack und wollte die Flammen ersticken, doch Emma hielt ihn mit erstaunlicher Kraft davon ab. „Was tust du denn da?" „Wir müssen das Feuer sofort ausmachen, sonst finden sie uns noch." Emma liess seine Hand los und sah ihn traurig an.

„Niemand wird uns hier finden. Hast du nicht gesehen, wie tief im Wald wir bereits sind? Ausserdem glaube ich nicht, dass jemand nach uns suchen wird." „Aber..aber das brennende Haus. Und Lynn und J...." Beschwichtigend hob Emma die Hände und führte Lino zum Tisch. „Ich weiss mein Grosser. Ich weiss. Aber wir können jetzt nichts mehr tun und die Polizei wird wohl vorerst nicht nach uns suchen, die werden bestimmt denken, dass wir bei dem Brand umgekommen sind." Linos Augen weiteten sich. „Denkst du, sie haben es Mutter schon erzählt?" Emma schien einen Augenblick überrascht über die Frage, schüttelte dann jedoch entschlossen den Kopf. „Das glaube ich nicht. Die Polizei wurde bestimmt darüber informiert, in was für einem Zustand sie sich befindet und sie werden gewiss noch damit warten, bis sie sich ganz sicher sind." Sie ging zur Kochnische, nahm die Pfanne vom Herd und reichte ihm ein grosses Stück Brot und eine grosse Tasse dampfende Suppe. „Was denkst du, wie lange wird es dauern, bis sie merken, dass wir nicht im Haus waren?" Emma setzte sich zu ihm an den Tisch und sagte: „Nun, das kommt ganz darauf an, wie stark das Haus zerstört wurde." Lino dachte an die letzte Nacht und erwiderte traurig: „Als wir Bridgewood verlassen haben, stand es lichterloh in Flammen, ich glaube nicht, dass auch nur das kleinste Fleckchen heil geblieben ist. Und falls doch, wird das Löschwasser den Rest bestimmt zerstört haben." Traurig zerbröselte er das Stück Brot in seinen Händen, er hatte schon wieder vergessen, wie hungrig er eigentlich war. Emma nahm seine Hand in ihre und drückte sie aufmunternd. „Iss schon, wir werden die Energie brauchen." Lino fing an zu essen und bald konnte er für einen Moment seine Sorgen vergessen. Es schmeckte vorzüglich und er spürte förmlich, wie die Energie zurück in seinen Körper strömte. Er nahm all seinen Mut zusammen und sagte: „Darüber wollte ich sowieso noch mit dir reden. Ich finde, du solltest vielleicht... also nur wenn...". Emma legte ihren Löffel neben den Teller, faltete die Hände und sagte: „Was genau willst du mir eigentlich sagen? Dass ich zu alt bin, um mit dir nach Sena zu suchen? Dass ich hier bleiben soll? Und wo bitte soll ich hin? Es gibt nichts mehr, wo ich hingehen könnte." Mit schlechtem Gewissen sah Lino seine Grossmutter an. Wieder dachte er an das brennende Haus und auch an die Worte, die er an Dr. Brack gewandt hatte. *Ich werde sie auf keinen Fall hier zurücklassen. Es gibt hier nichts mehr für sie.* Er räumte die Tassen beiseite und sagte schliesslich: „Du hast ja recht. Ich weiss nur nicht, ob es nicht vielleicht ein bisschen zu viel für dich ist. Wer weiss, wie lange wir unterwegs sein werden. Und du hast bestimmt eine Hirnerschütterung. Ich will einfach nicht, dass sich dein Zustand verschlechtert und ich kann dich auch nicht den ganzen Weg tragen." Er seufzte. „Bist du sicher, dass du mitkommen willst?" „Ich verstehe deine Sorgen Lino. Ich kann dir natürlich nicht garantieren, dass ich diese Reise durchhalten oder überstehen werde. Aber eines meiner Enkelkinder ist bereits verschwunden und ich werde nicht einfach zusehen, wie auch das Zweite verschwindet, während ich hier auf den Trümmern unserer Familiengeschichte sitze und Däumchen drehe." Sie schlug ihre geballte Faust in die Handfläche und sagte mit fester Stimme: „Der Tag, an dem Emma Lue Fallon aufgibt und sich zur Ruhe setzt, ist noch nicht gekommen!" Lino strahlte seine Grossmutter verblüfft an. „Na jetzt weiss ich auf jeden Fall, woher ich mein Temperament und meinen Mut habe." Emma blickte ihn mit hochgezogenen Augenbrauen an. „Alsooo..., von deinem Grossvater ganz bestimmt nicht..."

Einundfünfzig

Pan rannte so schnell er konnte. Seine Beine brannten vor Erschöpfung und seine Kehle war wie ausgetrocknet, doch er konnte es sich nicht leisten, eine Pause einzulegen. Seit er der Gefahr unmittelbar gegenüber gestanden hatte, war ihm die Bedeutung seiner Arbeit erst richtig klar geworden. Er verstand nun, welche grossen Erwartungen und welches Vertrauen Ladun in ihn gesetzt hatte, und dass sie alle auf ihn angewiesen waren. Der Jutesack auf seinem Rücken wurde immer schwerer und Pan fragte sich, wie er es je schaffen sollte, zu seiner Höhle auf dem Schattenpass zu gelangen. Er war nun seit vier Tagen praktisch ohne Rast unterwegs, und doch schien ihm die Reise noch endlos. Wieder einmal öffnete er den Korken seiner Wasserflasche und führte sie an seine eingerissenen Lippen, nur um erneut festzustellen, dass nichts mehr drin war. Soweit sein Auge reichte, erstreckte sich die tote, staubige Landschaft, ohne das geringste Anzeichen von Leben. Immer wieder warf er einen Blick über die Schulter, aber niemand folgte ihm. Er hätte es meilenweit vorausgesehen, wenn auch nur ein lebendiges Wesen seiner Spur gefolgt wäre. Es wurde langsam dunkel und Pan musste sich schleunigst um einen Unterschlupf kümmern. Er konnte einfach nicht mehr weitergehen, es war zwar von grösster Wichtigkeit, dass er so schnell wie möglich zu seiner Höhle gelangen, und seine Arbeit aufnehmen konnte, aber noch wichtiger war es im Moment, dass er die Höhle überhaupt lebend erreichte. Er blieb stehen und sofort merkte er, wie seine Beine schwer wie Blei wurden. Er würde lange brauchen, bis er sich von dieser Reise erholt hatte, und doch hatte er so wenig Zeit. Stöhnend ging er noch ein paar Schritte auf einen gewaltigen Felsen zu. Er legte den Jutesack ab und sah sich den Felsen genauer an. Obwohl der riesige Findling eine praktisch glatte Oberfläche aufwies, kletterte er behände nach oben und sah sich um; doch trotz seines erhöhten Standortes konnte er nicht mehr sehen als von unten. Oben auf dem Felsen gab es eine Einkerbung, die wie gemacht schien für einen Troll seiner Grösse. Noch einmal sah er sich prüfend um und schliesslich legte er sich auf den nackten Felsen, wo er sofort einschlief.

Ein metallisches Klingen riss Pan jäh aus einem tiefen, traumlosen Schlaf. Vorsichtig richtete er sich auf und schaute über den Rand des Findlings in die Tiefe. Die Nacht war wolkenlos, aber im schwachen Licht der dünnen Mondsichel konnte er kaum etwas erkennen. Wieder hörte er ein metallisches Klirren und etwas blitzte silbern aus der Dunkelheit auf. Vorsichtig, ohne das leiseste Geräusch zu verursachen, zog er sein Schwert und stürzte sich von oben herab ins Unbekannte. Er streifte etwas mit seiner linken Hand, aber als er mit dem Schwert danach hieb, ging sein Schlag ins Leere. Er stand mit dem Rücken zum Findling und konnte einige verschwommene Gestalten ausmachen, die sich um seinen Jutesack scherten. Er machte einen Schritt nach vorne und sah, dass es sich bei den nächtlichen Ruhestörern um Vögel handelte. Wieder erklang das metallische Sirren, Pan griff blitzschnell nach vorne und entriss den Klauen der Vögel seinen wertvollen Sack. Die Vögel kreischten protestierend, sie flogen wild um seinen Kopf und versuchten ihn mit ihren scharfen Krallen und Schnäbeln zu vertreiben. Er schlug mit dem Schwert wild fuchtelnd um sich, jedoch nicht in der Absicht, einen der Vögel wirklich zu treffen. Er warf sich den Sack über die Schulter und als er erneut abwehrend mit dem Schwert in die Luft schlug, traf er den Findling und es flogen die Funken. Für den Bruchteil eines Moments konnte er die Vögel deutlicher erkennen. Sein Schwert war ihm zu schade, um erneut gegen den Felsen zu schlagen und so nahm er seine Axt und schmetterte sie mit voller Wucht dagegen. Erneut stoben Funken davon, Pan versuchte sich seine Umgebung so schnell wie möglich einzuprägen, doch dabei entging ihm, dass sich einige Funken auf den Jutesack verirrt hatten und der trockene Stoff fing bereits an zu glimmen. Erneut stiessen die Vögel auf ihn herab, doch sie pickten mit ihren Schnäbeln nach den Brandherden und zogen die angesengten Fäden aus dem gewebten Stoff. Einer der Vögel trug eine

Trinkflasche in seinen Klauen, die ihm mehr als bekannt vorkam. Zu seiner Freude stelle er fest, dass sie aufgefüllt worden war. Pan liess Streitaxt und Jutesack sinken und sagte: „Willkommen meine Freunde. Ich hatte schon befürchtet, dass ich euch dieses Mal nicht finden würde." Nun, da er Unterstützung gefunden hatte, leerte er ohne Bedenken in einem Zug seine Feldflasche und sofort nahm ihm einer der Vögel die Flasche ab und flog davon.

Zweiundfünfzig

Erschöpft und die blasse Haut mit tiefen Kratzern übersät, liess sich die Frau auf den weichen Boden sinken. Sie hielt vergeblich Ausschau nach ihrem Wegbegleiter. Die Bäume standen nun so dicht, dass der Himmel kaum noch zu erkennen war und ausserdem war es mittlerweile stockdunkle Nacht geworden. Sie konnte sich nicht erinnern, jemals so müde gewesen zu sein. Jeder Muskel schmerzte und schrie nach Entspannung, nebenbei war es aber empfindlich kalt geworden und die dunkelhaarige Frau zitterte bereits am ganzen Körper. Ihr Magen knurrte laut und rund um sie knackte es immer wieder unheilvoll im Dunkel des Waldes. Allein in einem riesigen Wald den sie kaum kannte, war sie einem seltsamen Führer, einem Wanderfalken, aus einer Laune heraus gefolgt, doch ihr Weg hatte sie in einen dunklen, verlassenen und unheimlichen Wald geführt.Zum ersten Mal seit sie aufgebrochen war, fragte sie sich, ob es nicht ein Fehler gewesen war. Sie war untrainiert und hatte sich nicht besonders gut auf die Reise vorbereitet. Wie so oft, war ihr Aufbruch eine spontane Idee aus einem reinem Bauchgefühl heraus gewesen. Bisher konnte sie sich immer auf dieses Gefühl verlassen, doch nun war sie der Verzweiflung nahe. Sie überlegte fieberhaft, ob sie den Rückweg wieder finden würde, musste sich jedoch eingestehen, dass sie sich den Weg nicht wirklich gemerkt hatte.

In ihrer Hose steckte noch immer das Handy, doch sie konnte und wollte ihre Reise hier noch nicht beenden und auf keinen Fall würde sie eher als unbedingt nötig, jemanden um Hilfe bitten. Gerade als sie überlegte weiter zu gehen, hörte sie über sich in den Baumwipfeln ein vertrautes Kreischen und der Wanderfalke landete nur wenige Schritte von ihr entfernt auf einem tiefhängenden Ast. Er blickte sie mit seinen grossen runden Augen unverwandt an, steckte schliesslich den Schnabel unter den linken Flügel und schloss die Augen. Da ihr Begleiter nun wieder aufgetaucht war, fühlte sie sich gleich viel sicherer und so zog sie eine grosse Wolldecke aus ihrem Rucksack, machte es sich an einen Baumstamm gelehnt, bequem und zog sich die Wolldecke weit über das Gesicht und die kalte Nase.

Wenige Tropfen kalten Wassers fielen der Frau auf das Gesicht und weckten sie sanft. Es musste noch sehr früh am Morgen sein, die Dämmerung hatte gerade erst eingesetzt. So schnell wie möglich, stand sie auf und verstaute die Wolldecke in ihrem Rucksack. Sie nahm die letzten Schlucke aus ihrer Flasche und stellte sie offen neben sich auf den Boden. Der Regen wurde von Minute zu Minute stärker, aber unter den dicht stehenden Bäumen war sie einigermassen geschützt. Den Wanderfalken konnte sie nirgends sehen, allerdings war er mit seinem braunen Federkleid bei diesen Licht- und Witterungsverhältnissen sehr gut getarnt. Sie versuchte vergeblich ein Stück von ihrem Brot abzubrechen. Es war mittlerweile steinhart geworden. Also nahm sie ihr Messer und schnitt sich einige mundgerechte Stücke ab, steckte sich eines davon in den Mund und liess es langsam aufweichen, bis sie es kauen konnte. *Naja, nicht gerade das, was ich ein anständiges Frühstück nenne, aber besser als gar nichts.* Ein Rascheln in den Bäumen über ihr liess sie aufblicken. Der Falke war zurückkehrt, im Schnabel trug er eine tote Maus. Obwohl die Frau Mitleid mit der Maus hatte, sah sie doch den natürlichen Lauf der Dinge, und dass ihr Führer Nahrung hatte, war ihr im Moment wichtiger als das Leben einer Maus. *Danke, kleine Maus,* dachte sie, als sich der Falke schliesslich wieder auf dem tiefhängenden Ast niederliess und anfing, mit seinem Schnabel kleine Stücke aus der Maus herauszureissen und zu essen. Als er fertig war, flog er blitzschnell davon, stieg rasch in den heller werdenden Himmel und zog wieder seine Kreise über der Frau. Sie nahm ihr Messer nochmal zur Hand und ritzte einen Buchstaben in vier der umstehenden Bäume und nahm ihre halb gefüllte Flasche zur Hand. *Vielleicht sollte ich doch anfangen, mir Wegmarkierungen zu machen. Wer weiss, wie lange sich der Falke noch zeigen wird.* Wieder schrie der Falke über ihr ungeduldig und so setzte sie sich schliesslich in Bewegung.

Noch immer regnete es in Strömen, aber da sie nur einen schmalen Streifen des Himmels sehen konnte, war es schwer abzuschätzen, wie lange es noch so weitergehen würde. Still und in Gedanken versunken setzte sie einen Fuss vor den Anderen. Zwischendurch hob sie ihren Blick, der Falke war immer noch da und war nun auf dem trüben grau des herbstlichen Himmels gut zu erkennen. Immer wieder peitschten ihr Zweige und Dornen ins Gesicht und die bereits gefallenen Blätter in Kombination mit dem starken Dauerregen, liessen sie mehr als einmal unsanft zu Boden gehen. Wütend und völlig verdreckt, nahm sie schliesslich einen grossen Ast und donnerte ihn in den Wald. Zu ihrem Erstaunen berührte er nicht einen einzigen Baum und fiel weit hinten und kaum mehr sichtbar mit einem dumpfen Geräusch zu Boden. Erst da fiel ihr auf, dass sich der Wald wieder gelichtet hatte. Sie konnte den Wanderfalken über ihr nun wieder Kreisen sehen und es fiel deutlich mehr Licht auf den Boden, was allerdings hiess, dass der Boden, der durchzogen war von Wurzeln und Ranken, noch viel undurchdringlicher war. Sie schaute in die Richtung aus der sie gekommen war und fröstelte. Sie konnte nur wenige Schritte weit sehen und die eng stehenden Bäume hatten etwas Kaltes und Abweisendes an sich. Froh, das Baumlabyrinth hinter sich zu lassen, nahm sie wieder ihr Messer in die Hand und schnitt sich ihren Weg durch die Büsche und Sträucher, bis sie auch diesen Teil

des Waldes hinter sich gelassen hatte und auf eine kleine Lichtung trat. Der Regen hatte vor einer Weile etwas nachgelassen und die Frau schöpfte endlich wieder neue Hoffnung. *Vielleicht habe ich den schlimmsten Teil ja schon hinter mir.*
Es war unmöglich zu sagen, wie lange sie schon unterwegs war, doch ihr Magen knurrte nun wütend und so liess sie sich auf einem umgestürzten Baum nieder und schnitt sich etwas Trockenfleisch ab und ass ihren zweitletzten Apfel.

Dreiundfünfzig

Von tiefer Trauer ergriffen packten Emma und Lino ihre Habseligkeiten zusammen. Lino konnte sich nicht vorstellen, je wieder nach Bridgewood zurück zu kehren. Sein bester Freund war tot und sein Haus, sein Zuhause, wohl bis auf die Grundmauern niedergebrannt. Emma hackte sich bei ihm ein und raschen Schrittes und ohne noch einmal zu der Waldhütte zurück zu blicken, gingen sie tiefer in den Wald hinein. Tatsächlich war sie tiefer im Wald verborgen, als Lino erwartet hatte und er entspannte sich ein wenig, obwohl er sich immer noch regelmässig umdrehte und nach Verfolgern Ausschau hielt. Einige Zeit gingen sie schweigend nebeneinander her, bis Lino endlich das Schweigen brach. „Weisst du eigentlich, wo wir hinmüssen?", fragte Lino. „Oh du meine Güte, das habe ich ja ganz vergessen." Emma blieb stehen und nahm eine dicke Mappe aus James' Rucksack. „Dein Freund hat Nachforschungen betrieben und offenbar ist er da auf einige Interessante Sagen aus dieser Gegend gestossen." Sie reichte Lino die Mappe und sie gingen langsam weiter, während Lino alles durchblätterte. Auf den ersten Blick konnte er viele von Hand beschriebene Blätter und Skizzen entdecken, aber auch einige herausgerissene Bücherseiten und aber keine genaue Karte des Waldes. Da erinnerte sich Lino an die Karte seines Vaters. Schmerzlich wurde ihm bewusst, dass sie beinahe mit all den anderen Dingen im Büro verbrannt war. Vorsichtig zog Lino die Karte heraus und musterte sie nachdenklich. „Was ist denn das hier?" Er zeigte auf einen Bereich der Karte, der nur schraffiert eingezeichnet war und irgendwo am Rand der Karte endete. Das war ihm vorher gar nicht aufgefallen. Es waren keine Strassen oder Wege eingezeichnet und auch keine Höhenlinien. „Seltsam" murmelte Emma neben ihm. „Irgendwie kann das doch so gar nicht sein?" „Und wie soll uns das jetzt weiterhelfen?", fragte Lino entmutigt. „Naja, ich würde vorschlagen, wir finden selber heraus was sich in diesem Teil des Waldes befindet. Hast Du einen Kompass?" Lino zog den kleinen Kompass, den er vom Reisekoffer abgeschnitten hatte, hervor. Emma verzog amüsiert das Gesicht. „Wir sollten auf jeden Fall die Sonne im Auge behalten; wer weiss wie genau uns dieser Kompass noch die Richtung weisen kann." Lino nickte. „Wir müssen nach Südwesten gehen." „Gut, auf in den wilden Westen!", rief Emma übermütig und lief eilig den Waldweg entlang und simulierte dabei den Ritt auf einem wild gewordenen Pferd und Borvin sprang freudig bellend neben ihr her.

Die nächsten paar Stunden diskutierten Lino und Emma angeregt darüber, was sich wohl in dem schraffierten Teil des Waldes befinden könnte. Irgendwann ging die Fantasie mit ihnen durch und Lino erfand kurzerhand eine ganze verborgene Welt, wo es keine Menschen, sondern nur Hunde und Kaninchen gab und wo jeden Tag Lasagne oder Pizza auf dem Speiseplan standen. So verging die Zeit wie im Flug und erst als sich Lino den letzten Tropfen seiner Feldflasche auf der Zunge zerfliessen liess, machte sich der Hunger bemerkbar. Er blieb stehen und sah sich um. Über ihnen war das Blätterdach etwas dichter geworden und den Verkehr der Schnellstrasse, die an einem Teil des Waldrandes entlang führte, konnte er schon seit Längerem nicht mehr hören. Erneut musterte er seinen Kompass. „Sind wir noch auf dem richtigen Weg?", fragte Emma hinter hin. Sie blieb stehen und stemmte keuchend die Hände in die Seiten.

Sie sah sehr erschöpft, aber zufrieden aus. Lino zeigte ihr den Kompass. „Wenn der hier stimmt, ist alles noch in Ordnung. Nur habe ich keine Ahnung mehr, wie weit wir schon in den Wald vorgedrungen sind." Emma liess den Rucksack zu Boden gleiten und sah sich prüfend um. Sie nahm Lino die Karte aus der Hand und ging einige Schritte nach links, schüttelte den Kopf und ging wieder einige Schritte nach rechts. Schliesslich blieb sie mit hängenden Schultern stehen. „Ich weiss es auch nicht. Aber wir befinden uns auf jeden Fall auf einem Waldweg ungefähr hier..." Sie zeigte auf die Karte.

"Und der endet bestimmt irgendwann im Nirgendwo. Doch dann ist es immer noch eine beträchtliche Distanz, die wir zurücklegen müssen bis wir zur schraffierten Fläche gelangen." Lino schüttelte nur den Kopf. *Was habe ich mir bei dieser Reise ins Ungewisse nur gedacht? Ich weiss ja nicht einmal, wo ich hingehen soll! Und werden Grossmutter und ich das überhaupt schaffen? Wir sind beide gesundheitlich angeschlagen. Oder ist das jetzt nur eine Ausrede?* Er dachte an die vielen Dokumentationen die er schon im Fernsehen gesehen hatte. Über Leute, die in der Wildnis verschollen waren und trotzdem teils mehrere Monate dort draussen unter den schwierigsten Bedingungen überlebt hatten. *Werde ich meine Schwester je wiedersehen? Und vielleicht sogar meinen Vater?*

Vierundfünfzig

Durch das Eiweiss des Trockenfleisches gestärkt, machte sich die junge Frau wieder auf den Weg und folgte ihrem tierischen Führer. Der Regen hatte nun ganz aufgehört und überall tropfte es von den Bäumen auf die Blätter am Boden, sodass die Frau sich ständig umdrehte, nur um festzustellen, dass da niemand hinter ihr war. Ein kalter Wind blies ihr unaufhörlich ins Gesicht, doch sie nahm es kaum wahr. Sie wollte diesen unwirtlichen Wald endlich hinter sich bringen. *Irgendwo muss er doch zu Ende sein.* Erneut schrie der Falke am Himmel über ihr und zeigte ihr einen erneuten Richtungswechsel an. Sie seufzte und sah nach links. Zu ihrer Freude schien der Wald nach einigen Schritten tatsächlich lichter zu werden. Mit schnellen Schritten folgte sie dem Falken und kam endlich auf eine kleine Lichtung. Sie liess ihren Rucksack neben sich zu Boden fallen, stemmte die Hände in die Seiten und sah sich in aller Ruhe um. Hinter ihr lag der Wald dunkel und unheimlich da, aber vor ihr konnte sie Licht durch die Bäume scheinen sehen und sie hörte Wasser. Vielleicht ein kleiner Wildbach. Der Falke liess sich in der Nähe auf einem dicken Ast nieder und steckte den Kopf unter seinen Flügel. "Du hast recht, Zeit für eine ausgiebige Pause." Da sich ihr Begleiter so ohne Weiteres niedergelassen hatte, ging sie davon aus, dass niemand in der Nähe war und so konnte sie getrost ein Feuer entzünden. Sie ging zurück in den Wald und sammelte so viel Feuerholz ein, wie sie tragen konnte. Sie schichtete viele kleine Zweige zu einem Haufen auf und entzündete sie mit ihrem Feuerzeug. Nachdenklich wiegte sie es in den Händen. Wenn sie noch lange unterwegs wäre, musste sie sich früher oder später etwas Anderes einfallen lassen, um Feuer zu erzeugen. Die Zweige knackten leise vor sich hin und nach und nach legte sie grössere dickere Äste nach, bis ein stattliches Feuer vor ihr brannte. Sie goss den Rest ihrer Feldflasche in einen kleinen metallenen Behälter und riss eine Packung Fertigsuppe auf. Sofort breitete sich ein köstlicher Duft nach Pilzrahmsuppe aus. Sie nahm den Becher vom Feuer und gab einige Stücke steinhartes Brot dazu. Sie lehnte sich bequem an einen Baum und ass die heisse Suppe. Sofort breitete sich wohlige Wärme in ihr aus und das leise knackende Feuer tat den Rest. Sie konnte sich nicht daran erinnern, wann sie sich zuletzt so wohl gefühlt hatte. Der Falke schlief noch immer selig auf seinem Ast und schon bald fielen auch ihr die Augen zu.

Fünfundfünfzig

„Komm, wir setzen uns hin und ruhen uns erst einmal aus." Lino hob den Blick zum Himmel. Es musste mittlerweile schon später Nachmittag sein und die Sonne kam kaum noch durch das dichte Blätterdach. Die Blätter funkelten in den schönsten Orange-, Gelb- und Rottönen. Ab und zu löste sich wieder ein Blatt und schaukelte von einem sanften Wind getrieben zu Boden. Lino war so in seine eigenen Gefühle und Gedanken vertieft, dass er gar nicht bemerkte, dass Borvin nicht mehr neben im lag. Er richtete sich auf. Emma sass an einen Baum gelehnt auf dem Boden und hatte die Augen geschlossen. Sie summte ein altes Kinderlied, das sie Lino und Sena oft vorgesungen hatte, vor sich hin und ein sanftes Lächeln breitete sich auf ihrem Gesicht aus. Lino erhob sich und hielt Ausschau nach seinem Hund, jedoch ohne ihn zu entdecken. „ Grossmutter", flüsterte er. Emma öffnete sofort die Augen und sah ihn fragend an. „Borvin ist verschwunden." Auch sie erhob sich und gemeinsam suchten sie so leise es ging, die nähere Umgebung ab, doch von Borvin fehlte jede Spur. Obwohl es keine Anzeichen der Gefahr gab, gingen beide mit äusserster Vorsicht zwischen den Bäumen umher. Ohne genau zu wissen wieso, nahm Lino sein Sackmesser hervor und liess die Klinge hervor schnellen Bald hörten sie Blätterrascheln und beide gingen hinter einem besonders dicken

Baum in Deckung. Kurz darauf atmeten beide erleichtert auf, als Borvin gemütlich auf sie zukam. Sein einst so weisses Fell war bis auf Bauchhöhe nass und dreckig. Und auch seine Schnauze war nass und die Haare an seinem Hals standen spitz von der Haut ab. *Na mein Grosser, hast du Wasser gefunden?* Und wieder schien es Lino, als könnte sein Hund jedes Wort verstehen, das er an ihn wandte, selbst wenn es nur gedanklich war. Borvin blieb stehen und sah sie beide erwartungsvoll an. Dann drehte er sich wieder um und ging zurück in die Richtung, aus der er gekommen war, schaute dabei jedoch immer wieder zurück und bedeutete damit Lino und Emma, ihm zu folgen. Emma folgte ihm sofort und Lino ging nach einigem Zögern hinter ihnen her. Er führte sie durch dichtes Gestrüpp und schon bald konnte Lino das sanfte Rauschen und Plätschern eines Baches hören, auf den sie nach einigen Schritten stiessen. Sein Hund setzte sich ans Ufer und Emma tätschelte ihm den Kopf. „Hast du gut gemacht! Braver Junge!" Sie öffnete mit einem Plopp ihre Feldflasche und hielt sie kurz ins Wasser, nahm einige grosse Schlucke und füllte sie schliesslich ganz auf. Lino tat es ihr gleich, doch als er seine Flasche wieder verschliessen wollte, blieb er wie angewurzelt stehen. Ein kurzes Stück entfernt war ein Fussabdruck im aufgeweichten Boden zu sehen. Er ging hin und folgte mit seinen Blicken der Spur. Sie führte einen kleinen Steilhang hinauf. Er gebot Emma, am

Bach zu warten und ging vorsichtig hinauf. Etwa in der Mitte des Hanges kam er auf den nassen Blättern ins Rutschen und fiel auf die Knie. Borvin, der ihm gefolgt war, war nun hinter ihm stehen geblieben und stupste ihn mit der Schnauze an. Lino fluchte leise vor sich hin und besah sich den Hang dann genauer. Es sah ganz danach aus, als sei vor ihm schon jemand anderes auf dem Hang ausgerutscht. Dann ertönte auf einmal ein lautes, donnerndes Knirschen und Lino rannte vor Schreck so schnell er konnte zu Emma zurück. Borvin stand noch immer am Hang, dann schrie irgendwo ein Falke und er drehte sich um und ging rasch nach oben. „Borvin! Komm sofort zurück!", flüsterte Lino so laut wie möglich. Er hatte auf einmal das starke Gefühl, dass hier etwas ganz und gar nicht in Ordnung sei und es besser wäre, diesen Ort so schnell wie möglich zu verlassen. Doch Borvin dachte nicht daran zu gehorchen. In leichtem Trab stieg er den Abhang herauf und verschwand über der Hügelkuppe. Gebannt starrten Lino und Emma auf die Stelle, an der Borvin verschwunden war. Sie hörten ihn durchs Blätterwerk rascheln, dann war kurz gar nichts zu hören und bald fing Borvin wütend an zu knurren. „Borvin!", schrie Lino und er rannte so schnell wie möglich hinter ihm her und den Abhang hinauf, bis er schliesslich schwer atmend neben ihn auf eine Lichtung trat.

Sechsundfünfzig

Ein leises Knirschen riss die junge Frau aus dem Schlaf. Es war stockdunkel und sie konnte nur schemenhafte Umrisse erkennen. Der Ast auf dem der Falke geschlafen hatte war leer. Wieder hörte sie ein leises Knirschen und dann einen dumpfen Knall. Vorsichtig ging sie in den Wald hinein. Beinahe hätte sie laut aufgeschrien, als sie den Falken direkt auf Augenhöhe entdeckte. Er starrte gebannt in die Dunkelheit und schien sie nicht zu bemerken. Sie hörte Schritte und Blätterrascheln in der Dunkelheit und machte einige Schritte darauf zu. Hinter ihr raschelte der Falke nervös mit den Flügeln, doch sie reagierte nicht darauf. Sie konnte zwei Fackeln erkennen, getragen von zwei seltsam gekleideten Männern. Sie trugen dunkle Hosen und Hemden, darüber helle lederne Westen und... lange Umhänge. Beide gingen ruhelos vor einer merkwürdigen Steinformation auf und ab und hielten Schwerter in ihren Händen. *Du meine Güte was soll das denn? Schwerter? Hier im Wald? Wozu?* Ihr Herz klopfte wie wild als sie langsam durch den nächtlichen Wald zu ihrem Lager zurück schlich. Zu ihrer Erleichterung folgte ihr der Falke und liess sich wieder auf dem Ast nieder. Einige Zeit blieb er aufmerksam dort sitzen, während sich die Frau das Hirn zermarterte, was diese ungewöhnliche Begegnung zu bedeuten hatte. Für einen kurzen Moment überlegte sie ernsthaft, ob sie einfach nochmal zurückgehen und die Männer fragen sollte, entschied sich dann aber doch dagegen. Schon bald versteckte der Falke seinen Kopf wieder unter dem Flügel. Sie betrachtete ihn einige Zeit schweigend, dann hüllte sie sich wieder in ihre Decke, versuchte jedoch erfolglos wieder einzuschlafen. Sie war völlig aufgewühlt und tausende Gedanken flitzten in Windeseile durch ihren Kopf. Immer wieder warf sie einen Blick über die Schulter ins Dunkel des Waldes, aber der sanfte Fackelschein blieb unverändert weit entfernt.

Irgendwann waren ihre Gedanken von den beiden Männern im Wald abgeschweift und drehten sich nun um eine ganz profanes Problem. *Wie geht es weiter?* Der Falke schlief noch immer auf dem Ast und obwohl langsam die Sonne aufging, konnte sie überhaupt nicht einschätzen, was der neue Tag für sie bereithalten würde. Schliesslich nahm sie ihre Feldflasche und ging auf die Suche nach dem Bach, der immer noch irgendwo im Verborgenen vor sich hin plätscherte. Sie entfernte sich dabei bewusst immer wie mehr von den Männern bei der Steinformation. Schon bald führte sie ihr Weg einen kleinen Abhang herunter und unten war der kleine Wildbach zu sehen. Mit schnellen Schritten ging sie den Abhang hinunter, vergass dabei aber, dass es am Vortag stark geregnet hatte und der Boden unter ihren Füssen aufgeweicht und rutschig war. Sie trat auf einen kleinen Ast, der unter ihrem Fuss davon rollte und wollte mit dem anderen Fuss verstellen, doch sie rutschte aus und ein reissender Schmerz schoss in ihren Innenschenkel und sie ging zu Boden. Der Schmerz trieb ihr Tränen in die Augen, doch er ging schnell vorbei und machte einem dumpfen Pochen platz. Sie stand auf, klopfte sich feuchte Blätter und Dreck von den Kleidern und ging an den Bach um ihre schmutzigen Hände darin zu waschen. Einen Moment lang sah sie verträumt den Schmutzresten zu, die sich gemächlich im Wasser verteilten und sich dann langsam auflösten, als sie aus den Augenwinkeln eine Bewegung wahrnahm. Sie drehte sich um und keuchte vor Schreck auf: Einige Schritte von ihr entfernt den Bach hinunter stand ein gigantisches weisses Tier und starrte sie an. Erst nach einigen Augenblicken bemerkte sie, dass das wolfsähnliche Geschöpf sie eher interessiert, als aggressiv anblickte, trotzdem getraute sie sich nicht, auch nur die kleinste Bewegung zu machen. Über ihr raschelte es in den Bäumen, doch sie konnte den Blick nicht von dem Tier abwenden, aus Angst, es würde sie dann angreifen. Sie hörte, wie der Falke auf einem Ast unmittelbar neben ihr landete und bemerkte, dass der Wolf seinen Blick von ihr abwandte und nun den Falken ins Visier nahm. Langsam drehte sie den Kopf. Der Falke sass mit weit ausgebreiteten Flügeln auf einem Ast, der unter seinem Gewicht bedrohlich schwankte und sah dem Wolf direkt in die Augen. Schliesslich stiess er sich von dem Ast ab und stieg mit einem schrillen Kreischen in den heller werdenden Morgenhimmel, und als sie sich zu dem Wolf umdrehte, war er bereits zwischen den Bäumen verschwunden.

So schnell sie konnte lief sie durch den Wald zurück zu ihrem Lager. Die Angst schnürte ihr die Kehle zu, liess sie jedoch mit erstaunlicher Leichtigkeit über den rutschigen Boden und die verschlungenen Wurzeln laufen. Schliesslich erreichte sie die Lichtung und sie fiel vor dem Baum auf die Knie, an welchen sie gelehnt die Nacht verbracht hatte. Wieder wurden ihre Hände schmutzig, als sie den aufgeweichten Boden berührten, doch sie nahm es kaum wahr. Ihre Hand war auf etwas Hartes im Boden gestossen. Für einen Moment vergass sie die beiden Fackelträger und auch den unheimlichen wolfsähnlichen Hund und sie grub nun angestrengt und mit beiden Händen nach dem Gegenstand, bis der Griff eines Schwertes vor ihr aus dem Boden ragte. Vorsichtig zog sie es aus der aufgeweichten Erde und wischte mit einem Ärmel den Dreck von der Klinge. Die doppelschneidige Klinge schimmerte silbern im spärlichen Licht. Das Heft war mit grünem Stoff umwickelt und im Knauf steckte ein grosser grüner Stein. *Ob das wohl ein echter Smaragd ist?* Neugierig wiegte sie das Schwert in der Hand und schliesslich stand sie auf, um einige vorsichtige Hiebe in die Luft zu machen. Sie hatte schon viele Ritterfilme gesehen und wusste ungefähr, wie man ein Schwert in der Hand hielt. Ob ihre Kenntnisse allerdings einem waschechten Schwertkampf standhalten würden, war mehr als fraglich. Sie hieb mit der Klinge gegen einen kleinen Ast, der sofort mit einem sauberen glatten Schnitt durchtrennt, zu Boden fiel. *Na wenigstens habe ich jetzt auch eine Waffe, so wie die beiden Fackelträger bei diesem Steindings.* Erfreut betrachtete sie das Schwert, das perfekt in ihrer Hand lag. Doch schliesslich musste sie sich eingestehen, dass sie in einem echten Kampf gegen die beiden Männer wahrscheinlich überhaupt keine Chance haben würde. Wie auf Kommando ertönte erneute ein donnerndes Knirschen. Vorsichtig umwickelte sie das Schwert mit ihrer Decke und steckte es in die Schnüre an ihrem Rucksack. Gerade, als sie den über sich kreisenden Falken entdeckte und erneut aufbrechen wollte, trat der weisse Wolf knurrend auf die Lichtung. Und sie zog ohne viel Nachzudenken das Schwert aus dem Rucksack und liess die Decke zu Boden fallen.

Siebenundfünfzig

Lino glaubte seinen Augen nicht zu trauen. Vor ihm auf der Lichtung stand eine junge Frau mit brauner Hose und einer grünen Regenjacke. Sie hatte braunes Haar und in ihren Händen hielt sie ein Schwert. Als sie Lino entdeckte, liess sie das Schwert kaum merklich sinken, blieb jedoch wachsam und liess Borvin dabei nicht aus den Augen. "Gehört der Polarwolf da zu dir?", fragte sie. Ihre Stimme war eher tief für eine Frau und zitterte leicht. Sie schluckte schwer und sah Lino fest in die Augen. "Was willst du hier?" Lino wollte gerade antworten, da brach Emma neben ihm aus dem Gebüsch und blieb wie angewurzelt stehen. "Was machen sie denn hier?", fragte die junge Frau. "Das Gleiche könnte ich dich fragen. Und was soll dieses lächerliche Schwert?" Erst jetzt schien sie zu bemerken, dass sie noch immer mit gespreizten Beinen und erhobenem Schwert vor ihnen stand. "Das habe ich vorhin gefunden. Und als dieser Polarwolf da vorhin wie aus dem Nichts vor mir am Bach aufgetaucht ist, dachte ich, es wäre wohl doch nicht so unnütz." "Das ist kein Polarwolf! Schon mal einen Wolf mit runden, herabhängenden Ohren gesehen?", rief Lino aufgebracht. "Und was geht hier eigentlich vor?" Er wandte sich an Emma. "Kennst du sie etwa?" "Oh ja allerdings. Das ist Alda. Sie sollte eigentlich in Bridgewood sein und den Laden deines Vaters hüten." Lino drehte sich wieder zu der Frau um. "Das ist Alda?" Die Frau ging auf ihn zu und streckte ihm die Hand entgegen. "Genau, ich bin Alda. Und du musst dann wohl Lino sein, oder?" Lino ergriff ihre Hand und bemerkte, dass ihre Augen von einem sehr dunklen Braun waren. Sie zog die Hand zurück und steckte das Schwert neben sich in den Boden. "Also, was tut ihr hier?" Emma und Lino erzählten ihr alles was passiert war, seit sie beschlossen hatten, Bridgewood zu verlassen. Alda hörte ihnen aufmerksam zu und unterbrach sie nur selten, um eine Zwischenfrage einzuwerfen oder um "Das tut mir sehr leid", zu sagen. Dort wo Lino den Tod seines Freundes James erwähnte, zuckte sie zusammen und Tränen schimmerten in ihren Augen. "Und jetzt bist du an der Reihe. Was zum Teufel tust du hier?", fragte Emma ungeduldig. "Nun, auch ich habe bemerkt, dass es beim Verschwinden deines Vaters nicht mit rechten Dingen zugegangen sein kann. Und als dann deine Schwester auch noch verschwand, habe ich angefangen Nachforschungen anzustellen. James hat mir dabei geholfen." Lino sprang auf. "Wie bitte, James? Woher kanntet ihr euch?" Alda seufzte. "Oh ich dachte, er hätte es dir längst erzählt. Er kam eines Tages in den Laden und wollte mehr über deinen Vater erfahren. Dies war kurz nachdem ich selber beschlossen hatte, mehr herauszufinden. Also durchsuchten wir während mehreren Tagen den ganzen Laden und auch das Lager und haben alles zusammengesucht, das wir finden konnten." Sie stockte, schloss kurz die Augen und atmete tief ein, fast so als fiele es ihr schwer, daran zurück zu denken. "Dabei sind wir uns ein bisschen näher gekommen aber ich wollte das irgendwie nicht und wir haben uns gestritten. Danach hat er alle Aufzeichnungen zusammengepackt und ist nicht mehr zurück gekommen. Auf meine Anrufe hat er überhaupt nicht mehr reagiert. Also beschloss ich, mich selbst auf den Weg zu machen. Wir haben so oft über den Unterlagen gebrütet, dass ich alles In- und Auswendig weiss. Und so bin ich hier gelandet." Wieder ertönte das donnernde Knirschen. Borvin spitzte die Ohren, blieb jedoch ruhig am Boden liegen. "Was ist das?", fragte Lino, dem aufgefallen war, dass Alda dieses Geräusch offenbar nicht zum ersten Mal hörte. Sie zuckte mit den Schultern. "Etwas tiefer im Wald gibt es so ein seltsames steinernes Portal und davor stehen zwei Männer wache." Emma bemerkte ihr Zögern und hackte nach: "Und, was ist damit?" "Naja", sagte Alda ausweichend. "Ich weiss es klingt verrückt, aber sie tragen Kleidung, wie aus einer anderen Zeit und sie haben Fackeln bei sich und... und sie tragen Schwerter." Für einen kurzen Moment waren alle still. Lino musste sich, wenn auch ungern eingestehen, dass ihn das nicht im Geringsten überraschte. Er hatte schon länger das Gefühl gehabt, dass etwas nicht stimmte und dass mehr hinter dem Verschwinden seines Vaters und Sena steckte, als er zuerst angenommen hatte. Über ihnen kreischte wieder der Falke und als er sich direkt neben Alda auf einen Stein setzte, fragte Lino: "Ist das etwa deiner?" "Ehm nein. Er... scheint mich irgendwie hierhin geführt zu haben." "Was soll das heissen, er hat dich hierhin geführt?" "Er ist immer wieder voraus geflogen und hat mir den Weg gezeigt und wenn wir an einem Ort rasten konnten, hat er Kreise darüber geflogen." "Woher wusstest du so genau, dass er das damit meinte, als er Kreise geflogen ist?", fragte Emma fasziniert. "Ich hatte schon immer einen guten Draht zu Tieren", murmelte sei leise. Wie um dies zu bestätigen, erhob sich Borvin und legte sich direkt neben Alda, den Kopf auf ihren unterschlagenen Knien. "Hallo Polarwolf", sagte Alda und streichelte ihn sanft zwischen den Augen. Lino verdrehte genervt die Augen, schaute ihr aber verwundert dabei zu und Borvin schien es in vollen Zügen zu geniessen. *Sie scheint wirklich ein Gutes Händchen für Tiere zu haben. Oder ist es nur Zufall, dass sie ihn ausgerechnet an seiner Lieblingsstelle streichelt?* Mit einem sanften Rauschen erhob sich der Falke in die Luft und flieg in den dunkler werdenden Himmel davon.

Wieder erklang das Kirschen, wie wenn zwei schwere Steine übereinander geschoben würden. Lino glaubte sogar, den Boden unter seinen Füssen zittern zu spüren, aber vielleicht bildete er es sich auch nur ein. "Darf ich diese Karte einmal sehen? Das ist genau das Puzzleteil, dass uns noch gefehlt hat." Lino reichte ihr die laminierte Karte und Alda breitete sie vorsichtig auf ihren Beinen aus. "Interessant." Sie nahm die Zeichnung mit der seltsamen Steinkonstruktion hervor und drehte und wendete sie, hielt sie sogar gegen das Licht. Doch auf Linos fragenden Blick hin schüttelte sie nur den Kopf. *Also hat auch sie keine Ahnung.* Sie fuhr mit den Fingern der linken Hand über die schraffierte Fläche, fast so als könnte sie deren Geheimnis ertasten und blieb dann mit dem rechten Zeigefinger über dem Gedicht hängen. "Irgendwie müssen diese Hinweise doch zusammenpassen." Noch lange brüteten Lino und Alda über den Papieren. Der Falke war mit zwei Kaninchen im Schnabel zurück gekehrt und diese brutzelten nun über dem Feuer, das Emma in der Zwischenzeit mit Aldas Feuerzeug entfacht hatte. "Nun lasst diese alten Rätsel doch einmal für einen Moment ruhen und kommt her. Das Essen ist fertig", rief Emma und winkte die beiden zu sich. Sie gab jedem eine Kaninchenkeule und hastig bissen alle hinein. Eine Zeit lang war nur das Knistern des Feuers und ein gelegentliches Schmatzen zu hören. Als alle satt waren, vergrub Lino die übriggebliebenen Knochen im Boden unter dem Baum, bei dessen Wurzeln Alda das Schwert gefunden hatte und schon bald sanken sie alle in einen tiefen, traumlosen Schlaf.

Achtundfünfzig

Als Emma am nächsten Morgen erwachte, brauchte sie einen Moment um zu realisieren, wo sie sich befand. Ihr Kopf schmerzte noch immer, wenn auch nicht mehr so stark und ihre Kehle war wie ausgetrocknet. Leise, um Alda und Lino nicht zu wecken, wand sie sich aus ihrem Schlafsack und ging hinunter an den Bach. Sie hob die gerade gefüllte Feldflasche an die Lippen, als hinter ihr plötzlich ein trockener Zweig knackte und als sie sich umdrehte, sah sie direkt auf die Klinge eines langen, dünnen Schwertes. Vor ihr standen zwei seltsam gewandete Männer und etwas abseits oben auf dem Abhang stand ein Dritter mit einer Fackel in den Händen. "Was tut ihr hier?", fragte der Mann mit dem Schwert. Emma fiel vor ihn auf die Knie. "Bitte tut mir nichts. Ich wollte nicht gegen ein Gesetz verstossen oder so. Ich war nur durstig und bin dem Rauschen des Baches gef..." Doch weiter kam sie nicht, denn hinter ihr brach auf einmal Borvin aus dem Gehölz und stellte sich schützen vor sie, sodass der Mann mit dem Schwert einige Schritte zurück weichen musste. Er fuchtelte mit dem Schwert vor Borvin herum, der nun bedrohlich knurrte und die Zähne fletschte, da rief der Mann mit der Fackel: "Genug, siehst du nicht, was da vor dir steht?" Der Mann drehte sich erneut zu Borvin und Emma um, und so etwas wie schwache Erkenntnis schien sich auf seinem Gesicht breit zu machen. Er

liess das Schwert sinken und in diesem Moment tauchten hinter dem Fackelträger Alda und Lino auf; Alda das Schwert kampfbereit erhoben. Die Augen des Fackelträgers weiteten sich vor Schrecken und schliesslich liessen die beiden Männer ihre Waffen sinken. "Was geht hier vor?", fragte Lino mit fester Stimme. *Hoffentlich merken die nicht, dass ich totale Angst vor ihnen habe.* "Verzeiht mein Herr, aber wer seid ihr?" Lino war einen Moment überrascht über den förmlichen Umgangston des Kriegers. "Ich bin Lino Fallon. Das ist meine Grossmutter Emma und das hier ist Alda. Und wer seid ihr?" Bei dem Namen Fallon warfen sich die beiden Krieger auf den Boden und verbeugten sich vor ihm. Nur der Mann mit der Fackel sah ihn misstrauisch an. "Wir sind Wächter. Fallon sagt ihr? Dann ist das also euer Hund?" "Wächter, was soll das heissen? Was bewacht ihr? Soll das ein Scher...." Alda stiess in grob mit dem Ellbogen in die Seite. Wütend fuhr er herum. "Verdammt was soll den d..." Sie bedeutete ihm mit dem Kopf in Richtung Borvin und als er sich umdrehte sah er, dass Borvin nicht mehr knurrte und vor den am Boden liegenden Männern sass. Es sah fast so aus, als würden sie sich vor ihm verbeugen.
"Was, verdammt nochmal ist hier eigentlich los? Und was habt ihr mit meinem Hund gemacht?" Nun verbeugte sich auch der Fackelträger vor Lino, ging zu Emma und half ihr wieder auf die Beine. Auch die anderen Män-

ner erhoben sich nun langsam, hielten aber bedächtig Abstand zu Borvin. "Wenn ihr mir bitte folgen würdet Herr. Wir bringen Euch zu dem Portal." Lino war zu erstaunt, um irgendetwas darauf zu erwidern. Seltsamerweise hatte er das starke Bedürfnis, diesen Männern zu vertrauen und ihnen vorbehaltlos zu folgen. "Was tust du denn da?", zischte Alda, als auch er den Männern folgen wollte. "Ich weiss wir kennen uns nicht, aber bitte vertrau mir einfach." Und Lino folgte den Männern, Emma und Borvin in stiller Parade durch den Wald. Alda liess das Schwert sinken und schaute sich mit klopfendem Herzen um. Der Wald kam ihr plötzlich wie ausgestorben vor und schnell folgte sie der seltsamen Parade durch den dichten Wald.

Neunundfünfzig

Bald kamen sie zu dem seltsamen Steingebilde. Erst jetzt bemerkte Alda, dass es genau dieses Gebilde war, das auf der Steinzeichnung zusehen gewesen war. *Wieso ist mir das vorher nicht aufgefallen?* Nun wusste Lino auch, wieso ihm die Skizze der Steinzeichnung so bekannt vorgekommen war. Sena hatte sie einmal skizziert, allerdings nicht sehr genau. "Nun wir können Euch nicht helfen, aber wenn ihr die sieben Worte sprecht, werden wir Euch passieren lassen." Lino hatte das starke Gefühl, dass er nur diesen einen Versuch hatte und so zog er sich zurück, um mit Emma und Alda erneut über der Lösung zu brüten.

*Durch Grüne Schatten musst du gehen,
bis die Grenze von Neu und Alt du
kannst sehen.
Sieben Wörter in würd'ger Art gesprochen,
und so sei der Bann der Grenze
durchbrochen.
Still nun und sei auf der Hut,
das Geheimnis liegt in Stein und Blut.*

"Na, so schwer kann das doch gar nicht sein", sagte Alda. "*Durch grüne Schatten musst du gehen...*, also das ist bestimmt der Wald. *Bis die Grenze von Neu und Alt du kannst sehen.* Ich nehme mal an das ist das da." Ohne aufzusehen deutete sie auf die Steinkonstruktion. "*Sieben Wörter in würd´ger Art gesprochen.*

Sieben Wörter hmm. Na jedenfalls muss es jemand sein, der würdig genug ist, sie auszusprechen.Und wenn ich mir die Reaktion dieser Männer auf deinen Namen so ansehe, gehe ich schwer davon aus, dass du dessen würdig bist. *Und so sei der Bann der Grenze durchbrochen.* Also öffnet sich diese Grenze oder was immer das ist. *Still nun und sei auf der Hut* ist ja wohl selbsterklärend. *Das Geheimnis liegt in Stein und Blut.* Hmm offenbar musst du da noch dein Blut drauf schmieren. Wie melodramatisch!" "Das ist ja alles schön und gut, aber ich habe keine Ahnung, welche diese sieben Wörter sein sollen...", sagte Lino genervt. "Hast du dafür auch irgendeine universelle Antwort bereit?" Alda ging nachdenklich vor den grossen Steinen auf und ab. Lino wandte sich erfolglos an die Wächter, die sich partout weigerten, ihm auch nur den kleinsten Hinweis zu liefern. Schliesslich wurde es Lino zu bunt und er schritt einfach durch die Steinkonstruktion hindurch. Die Männer schauten ihn verdutzt an, einer konnte sich nur mit Mühe ein Lachen verkneifen. Auch Alda und Emma sahen ihn an, allerdings eher amüsiert als beeindruckt. Lino zuckte mit den Schultern. "Ich musste es doch wenigstens versuchen." Emma deutete auf die sieben Wörter, die auf der Zeichnung geschrieben standen und deutete dann auf das Portal. "Dort steht genau das Gleiche." Alda und Lino sahen sich den grossen Stein, der quer über den beiden anderen lag genauer an und tatsächlich, auch dort waren die seltsamen Worte eingemeisselt: AND GAM TIR RULAMGFEU FIRRU SAND KIRRALOLM

"Und was ist, wenn es gar keine andere Sprache ist, sondern nur die Buchstaben ausgetauscht wurden?" "Du meinst so, wie ein verschlüsselter Geheimcode?", fragte Emma. Alda nickte, doch Lino verwarf die Hände in der Luft. "Toll! Es wird Tage, wenn nicht Wochen oder Monate dauern, bis wir das entschlüsselt haben. Falls wir es überhaupt schaffen." Alda betrachtete erneut die sieben Wörter. "Nicht unbedingt. Das erste Wort hat drei Buchstaben; nehmen wir Mal an, das steht für Ich, dann wäre A gleich I, N gleich C und D gleich H. Davon ausgehend wären dann hier und hier... Moment ich muss mir das aufschreiben." Sie holte einen kleinen Notizblock und einen Kugelschreiber aus dem Rucksack und fing wild an darauf loszukritzeln.

Minute um Minute und Stunde um Stunde verging. Emma hatte sich längst hingelegt und schlief tief und fest. Immer wieder sah Lino zu Alda hinüber. Sie war hochkonzentriert noch immer mit der Entschlüsselung der geheimen Botschaft beschäftigt. Zwischendurch schüttelte sie wieder den Kopf und strich energisch etwas auf dem Blatt durch. Lino hatte schon lange die Hoffnung aufgegeben, sah aber wie aus Gewohnheit immer wieder in ihre Richtung und plötzlich hatte sich etwas verändert. Alda kritzelte nicht mehr, sie starrte auf das Blatt und als sie Linos Blick bemerkte, sah sie hoch und nickte langsam. Sie hatte es geschafft. Sie markierte den Satz und reichte Lino den Zettel. "Probier es damit!" Er riss ihr das Blatt aus der Hand und starrte darauf. Ein wildes Durcheinander von Buchstaben sprang ihm ins Auge, doch am linken Rand waren deutlich die sieben Wörter zu sehen, die Alda entschlüsselt hatte. Er drehte sich zu ihr um. Sie weckte gerade Emma und als sie alle vor dem Portal standen, murmelte Lino leise: "Danke!". Alda nickte und schenkte ihm ein triumphierendes Grinsen. Auch die Wächter waren erwartungsvoll näher getreten. Der Mann, der vor einer gefühlten Ewigkeit die Fackel getragen hatte, trat nun neben Lino und legte ihm die Hand auf die Schulter. "Nun will ich dir doch noch einen Hinweis geben: Sprich die Worte nicht aus, sondern höre sie nur in deinem Geist. Und schreite erst durch das Portal, wenn die Zeit reif ist." "Die Zeit reif? Was soll denn das nun wieder heissen?" "Du wirst es sehen, wenn es soweit ist." *Na das ist ja ganz toll, noch mehr kryptische Andeutungen.* Er atmete tief durch, sah jedem der Umstehenden noch einmal in die Augen und versuchte sich zu konzentrieren. Nur verschwommen nahm er war, dass einer der Männer Alda, Emma und sogar Borvin dazu aufforderte, nicht zu zögern und direkt hinter

Lino durch das Portal zu gehen. Er holte so tief Luft wie möglich und dachte so laut und deutlich wie er konnte: *ICH BIN DAS STEINBLUT. LASST MICH PASSIEREN.* Gebannt starrte er auf den Durchgang im Portal. Zuerst passierte gar nichts; doch dann bildete sich plötzlich dichter, grüner Nebel genau dort, wo der Durchgang durch das Portal führte und Lino schritt schnellen Schrittes und ohne zu zögern hindurch. Sofort drehte er sich um, doch ausser dem grünen Nebel und der Steinkonstruktion konnte er nichts sehen, bis zuerst Borvin, dann Emma und zum Schluss auch Alda darin auftauchten. Direkt hinter Alda verschwand der grüne Nebel und plötzlich war sich Lino nicht mehr sicher, das Richtige getan zu haben. *Werde ich auf diesem Weg meine Schwester wirklich finden?* Nur um sich selbst zu beruhigen, versuchte er noch einmal auf dieselbe Weise zurück zu kehren, doch es bildete sich kein grüner Nebel mehr. Er drehte sich zu Alda, Emma und Borvin um und liess seinen Blick über die Bäume schweifen. Noch immer waren sie im Wald und als Lino sich zum Weitergehen entschloss, fielen die ersten Schneeflocken auf die Erde. Es war Winter geworden...

Ende

So geht es weiter...

Die Steinblut Legende

Band 2: Winter

Nachdem Lino und Borvin durch das geheimnisvolle Portal im Stundenforst geschritten sind, überrascht sie ein plötzlich einbrechender Winter und lässt ihre Hoffnung schwinden, überhaupt jemals am unbekannten Ziel ihrer Reise anzukommen. Gemeinsam mit ihren zwei unerwarteten Weggefährten durchqueren sie die andere Seite des Stundenwalds und kommen schliesslich nach Trollheim, wo die schöne Terza über eine Unzahl an kleinen graubraunen Wesen mit grünen Haaren herrscht: Trolle. Von Terza erfahren Lino und seine Begleiter erstmals etwas über Linos Herkunft und auch Borvin scheint mehr als nur ein Hund zu sein.

Als er schliesslich einen entscheidenden Hinweis auf den Verbleib seiner Schwester Sena erhält, macht sich Lino auf den Weg zum Schattenpass. Einer seiner Begleiter bleibt dabei allerdings zurück...